Martin Witte
Bluthügel

Martin Witte

Bluthügel

Rediroma-Verlag

Bibliografische Information der Deutschen Nationalbibliothek:
Die Deutsche Nationalbibliothek verzeichnet diese Publikation in der Deutschen Nationalbibliografie; detaillierte bibliografische Daten sind im Internet über http://dnb.ddb.de abrufbar.

Die Handlung der Geschichte ist frei erfunden. Als Regionalkrimi spielt sie an realen Schauplätzen in und um Osnabrück, aber jede hier aufgeführte Person ist reine Fiktion. Eine Ähnlichkeit mit lebenden oder verstorbenen Personen wäre zufällig und ist nicht beabsichtigt.

ISBN 978-3-86870-866-0

Umschlagillustration: Marie Wölk / Klaud Design

www.rediroma-verlag.de
11,95 Euro (D)

Für meine Mutter

Hüggel:
Höhenzug (225 Meter über NN) im Teutoburger Wald, der zwischen den Orten Hagen a.T.W. und Hasbergen liegt.

Hütte:
Im Osnabrücker Raum gebräuchliche Abkürzung für den Ort Georgsmarienhütte. Alternativ wird er auch GMHütte genannt.

Eine Anmerkung für die Leser, die nicht im Osnabrücker Land zuhause sind:

Die folgende Geschichte spielt in und um Osnabrück. Wann immer im Buch die Rede von Hagen ist, meine ich die Gemeinde Hagen am Teutoburger Wald, deren offizielle Schreibweise Hagen a.T.W. ist.

Aus Gründen der Lesbarkeit verwende ich aber lediglich den Ortsnamen Hagen und verzichte auf den Zusatz.

Teil 1

Sonntag

Eins

Zu lange hatte sie auf einen solchen Tag warten müssen. Dieses Los teilte sie mit allen anderen. Aber sie drohte es zu zermürben, jeden weiteren Tag, an dem der Winter kein Ende nehmen wollte.

Dafür zeigte sich der erste schöne Tag des Jahres von seiner prachtvollsten Seite. Die letzten Tage waren schon zaghafte Vorboten gewesen und hatten das angedeutet, was heute seinen vorläufigen Höhepunkt erreichte. Heute schien die Sonne von einem wolkenlosen Himmel und vermochte die Luft angenehm zu erwärmen.

Ina Gebauer stand auf der Straße am Fuße des Hüggels und atmete tief ein. Wie gut der Frühling roch!

Dieses Jahr war der Winter lang gewesen. Erst jetzt, Ende April, schien er sich endlich geschlagen zu geben und das Feld dem Frühling überlassen zu wollen.

Eine nahezu durchgängige Schneedecke von Anfang Februar bis Mitte März sorgte für ungewöhnliche Winterbilder. Gut, sie kannte die Aussagen älterer Leute, die ob solchen Wetters nur beseelt lächelten. Früher gab es noch richtige Winter, sagten sie dann.

Aber Ina konnte sich nicht erinnern, wann es zuletzt derart viel Schnee gegeben hatte.

Und kalt war es gewesen. Bitter kalt. Auch Ende März hatte die Säule im Thermometer meist um die fünf Grad gependelt. Anschließend war es richtig widerlich gewesen. Tristes Grau am Morgen, am Mittag und den ganzen Tag über. Beste Bedingungen für eine Depression.

Deshalb hatte Ina die Gelegenheit genutzt und war am Mittag aufgebrochen. Nur ein bisschen raus. Mit diesen

Worten verabschiedete sie sich von ihrem Mann Mats. Schnell eine Runde an die Luft, bevor es am Nachmittag wieder eines dieser familiären Kaffeetrinken gab, die sie schon mit Grauen erfüllten, sobald sie nur daran dachte. Sie liebte ihre Familie über alles, aber es gab nicht viele Dinge, die sie mehr hasste. Gezwungene Konversationen über belanglose Themen und desinteressierte Gesprächsteilnehmer, wie es bei diesen Runden an der Tagesordnung war, behagten ihr einfach nicht. Oberflächlichkeiten waren ihr zuwider, ganz gleich ob sie am Arbeitsplatz oder in der Familie stattfanden.

Außerdem hielt sie es nicht lange in geschlossenen Räumen aus. Sie musste raus, wann immer es ging. Ina war ganz vernarrt in die Natur. Dieses Zusammenspiel aus frischer Luft, dem Duft der Umgebung, den Stimmen der Vögel, dem Rauschen der Blätter, dem Plätschern eines Baches. All das gab ihr so unglaublich viel.

Im letzten Sommer waren sie nach Hagen a.T.W. gezogen, nachdem ihre Suche nach einem passenden Bauplatz von Erfolg gekrönt gewesen war. Das Grundstück überstieg zwar preislich ihr Budget, war dafür aber ein Traum. Vor allem der Ausblick war ein Geschenk. Vom Garten aus genossen sie eine unverbaute Sicht auf die sanften Höhenzüge des Teutoburger Waldes, in dem sich eine Vielzahl von Wanderwegen befand, die zu erlaufen Ina sich fest vorgenommen hatte.

Ihr Haus lag am Rande einer Neubausiedlung am Stadtrand von Hagen, diesem kleinen, übersichtlichen Ort, an dem alles ein wenig langsamer zu gehen schien als in der lärmenden Großstadt Osnabrück, wo sie bis dahin gelebt hatten. Schnell war sie hier heimisch geworden und ebenso schnell war es ihr gelungen, Anschluss an die Nachbarn zu finden, mit denen sie sich gut verstand. Diese Art der Be-

dächtigkeit, der Umgang der Menschen untereinander, tat ihr gut.
Sie verließ die Siedlung auf der schmalen Straße, die in den Wald führte. Nach wenigen hundert Metern erreichte sie den Wirtschaftsweg, den sie schon unzählige Male gegangen war. Sie wanderte gerne. Mal in Begleitung ihrer Freundinnen, oft aber alleine. Sie genoss es geradezu, auf ihren Spaziergängen innezuhalten, wenn ihr danach war, und dann auf niemanden Rücksicht nehmen zu müssen. Auch das war ein Grund, weshalb sie sich aus der Walkingrunde ihrer Freundinnen ausgeklinkt hatte. Pausenloses Gebrabbel in schöner Landschaft passte einfach nicht zusammen.

An der Weggabelung blieb sie stehen. Ihr war danach, dieses Mal den rechten Weg einzuschlagen, der in neues, für sie unbekanntes Terrain führte. Den linken war sie schon gegangen. Er führte über den Silberberg in einer Art Halbkreis vorbei an Feldern und den Gleisen der stillgelegten Bahnstrecke zurück zur Stadt.

Der rechte führte geradewegs in den Hüggel, jenen Höhenzug, den sie von ihrem Haus aus sehen konnte, den sie aber, aus ihr unerklärlichen Gründen, bis heute noch nicht erkundet hatte.

Sie ging ein Stück auf dem Weg, als sie an einem Baum eine Markierung entdeckte. Auf schwarzem Untergrund war eine Zahl aufgemalt, die einen Wanderweg kennzeichnete. Umso besser. Für den unwahrscheinlichen Fall der Fälle, dass sie sich verlaufen würde, konnte sie sich wunderbar an den Markierungen orientieren. Zudem fanden sich an solchen Wegen auch immer wieder Tafeln, auf denen Karten die Umgebung und damit den Heimweg aufzeigten.

Aber ihr war nicht bang. Sie besaß einen guten Orientierungssinn, der sie bisher noch nie getäuscht hatte.

Schwungvoll setzte sie einen Schritt vor den anderen. Sie fühlte sich großartig. Da machte es auch nichts, dass der Weg nun schon einige Zeit anstieg. Immer wieder blieb sie kurz stehen, um die Eindrücke aufzunehmen, die ihr dieser Frühlingstag schenkte. Das Singen der Vögel, die es auch nicht erwarten konnten, endlich den Winter hinter sich zu lassen. Die Rehe, die in einiger Entfernung in aller Ruhe grasten und sich nichts aus ihr machten. Nur einmal hoben sie kurz den Kopf, um dann wieder ihrer Tätigkeit nachzugehen.

Je weiter sie kam, desto mehr wunderte sie sich über den schlechten Zustand des Weges. Für einen Wanderweg eigentlich ein Unding. Immer ausladender wurden die Sträucher und Zweige, die von beiden Seiten in den Weg hineinragten und ihn immer mehr einengten, bis er schließlich fast nur noch ein Trampelpfad war.

Zunehmend schwerer fiel es ihr, sich ihren Weg zu suchen. Ab und an fand sie die bekannte Markierung, die ihr beschied, auf dem richtigen Weg zu sein. Es konnte ja auch gar nicht anders sein, schließlich ging es nur geradeaus.

Sie hielt an und blickte sich um. Wohin sie auch sah, überall war nur Wald. Hier war er so dicht, dass sie die dahinterliegende Landschaft nur schemenhaft erahnen konnte.

Sollte sie noch weitergehen? Wie spät war es überhaupt? Jedes Zeitgefühl war ihr abhandengekommen. Ihr Griff ging in die Hosentasche. Und ins Leere. Natürlich! Sie hatte ihr Smartphone bewusst zuhause gelassen. Mist. Sie fluchte leise vor sich hin. Keine Uhr und kein Telefon. Na prima.

Erneut sah sie sich um. Einfach zurückzugehen wäre die einfachste Lösung. Aber der ganze Weg für nichts? Das kam für sie nicht in Frage. Zu groß war der Wunsch nach der grandiosen Aussicht, die sie dort oben erwartete. War da vorn nicht das Ende der Steigung? Zumindest ging es nicht weiter bergauf. Bis dahin wollte sie noch gehen, dann würde sie weitersehen.

Also kämpfte sie sich weiter durch dichtes Gestrüpp und musste achtgeben, sich nicht an einer Wurzel den Fuß zu stauchen - oder schlimmeres. Das hätte ihr noch gefehlt.

Ein letzter steiler Anstieg, eine letzte Kehre. Endlich war sie oben und hielt abrupt in ihrer Bewegung inne.

Wie vom Blitz getroffen stand sie da und schaute ungläubig. Augenblicklich bekam Ina es mit der Angst zu tun.

Was sie dort sah, mitten im Wald auf der Anhöhe, nahm ihr den Atem. Sie traute ihren Augen nicht.

Auf einer Entfernung von nur wenigen Armlängen stand etwas vor ihr, das sie auf den ersten Blick überhaupt nicht erkennen konnte. War es ein Mann? Eine Frau?

Ein grauer, bis zum Boden reichender Wollmantel ließ keinen Aufschluss darüber zu. Auf jeden Fall war die Figur groß und besaß einen breiten Oberkörper. Anstatt des Gesichtes sah sie nur eine schwarze Maske, die zwei Löcher für die Augen hatte, die sie jetzt durchdringend anstarrten.

Umgehend setzte ihr Fluchtinstinkt ein. Ina wandte sich um und wollte gerade nach unten stürzen, als sie von hinten getroffen wurde. Ein heftiger Stoß erwischte ihre Schulter. Ina schrie laut auf und ging zu Boden. Sofort rappelte sie sich auf und drehte sich um. Schmerzgeplagt unternahm sie einen nächsten Versuch, von dort wegzukommen, doch wieder kam sie nicht weit. Erneut bekam sie einen Schlag, dieses Mal auf den Hinterkopf. Ina stürzte lang hin und konnte sich gerade noch mit den Händen abfangen. Das Grauen packte sie. Das letzte, was sie sah, waren zwei behandschuhte Hände, die nach ihr griffen.

Zwei

Wiederholt schaute Mats auf die Uhr, wie schon gefühlte dreißig Mal in den letzten fünf Minuten. Wo blieb sie nur?

Er stand auf und ging in die Küche. Von hier konnte er den Weg sehen, der aus der Siedlung hinaus und in Richtung Wald führte. Den Weg, den seine Frau meistens nahm, wenn sie ihre Runde drehte. Nur wenige Male waren sie gemeinsam dort spazieren gegangen. Er stand nicht auf planloses Herumstreifen, was es in seinen Augen war.

Er selbst war zu sehr Stadtmensch und wäre gerne in der Stadt geblieben, auch wenn der günstigere Preis für das Grundstück hier draußen letzten Endes ein unschlagbares Argument gewesen war.

Wieder der Blick zur Uhr. Um vier sollten sie bei ihren Eltern sein; jetzt war es gleich halb vier. Zwar war Ina keine Frau, die sich vor jeder noch so banalen Verabredung stundenlang im Bad einschloss, um sich herzurichten, aber duschen würde sie sich doch bestimmt noch wollen.

Und da sie für den Weg eine gute halbe Stunde brauchten, wurde es langsam eng.

Er griff sich erneut das Telefon und wählte ihre Nummer. Wieder hörte er nur das monoton klingende Freizeichen. Er drückte den roten Hörer und stand mit dem Telefon in der Hand am Fenster. Sollte er ihr entgegengehen? Immerhin stand die Chance sie zu finden bei fünfzig Prozent. Wenn sie den Weg genommen hatte, den sie für gewöhnlich nahm, noch höher. Und wenn er in die falsche Richtung lief? Er entschied sich dagegen. Zu Hause zu warten erschien ihm vernünftiger als jetzt ziellos in der Gegend herumzulaufen.

Nochmal nahm er den Hörer und wählte. Dieses Mal jedoch nicht die Nummer seiner Frau, sondern die seiner Schwiegereltern. Zeit, sie über die Verspätung zu informieren.

»Ja, moin, ich bin es. Ich wollte nur sagen, wir kommen etwas später. Was? Ja. Nein, weiß ich nicht. Ina ist grad noch was erledigen. Schätze mal, spätestens halb fünf sind wir da. Tut mir leid. Bis gleich!«

Mats pflegte ein gutes Verhältnis zu Inas Eltern, weshalb ihm diese Notlüge leidtat. Aber was hätte er ihnen sonst sagen sollen? Ihre Tochter war spazieren und ward seit ihrem Fortgang nicht mehr gesehen? Und dass er nicht einmal den Hauch einer Ahnung besaß, wo sie überhaupt hingegangen war?

Er ging von der Küche aus ins Wohnzimmer und betätigte im Gehen die Wahlwiederholung.

Auf halbem Weg hielt er inne. Er nahm das Telefon vom Ohr, um besser hören zu können. Er lauschte in die Stille des Hauses. Klingelte da nicht eine bekannte Melodie? Die von Inas Telefon? Er horchte angestrengt und bewegte sich in die Richtung, aus der die Musik kam. Kein Zweifel, es war ihr Telefon. Das Klingeln wurde lauter und schließlich fand er das Gerät auf dem Schränkchen an der Garderobe.

»Scheiße«, sagte er leise zu sich. »Verfluchter Mist. Auch das noch.«

Mats konnte es nicht fassen. Wie blöd war das denn? Seine Frau war nicht nur verschwunden, sondern auch nicht zu erreichen. Und, auch das ging ihm durch den Kopf, ohne Möglichkeit, Hilfe zu holen, falls ihr etwas passiert sein sollte. Längst war dieser Fall für ihn eine mögliche Erklärung, warum sie überfällig war. Ina war zwar manchmal fahrig und bedächtig, beides Wesenszüge, die er an ihr liebte, aber nie vergaß sie über ihre Unternehmungen die Zeit. Zu allem Unglück trug sie auch nur sehr selten eine Armbanduhr. Er wäre überrascht, wenn es gerade heute der Fall wäre.

»Scheiße, verdammt«, fluchte er wieder.

Mats lief im Haus auf und ab, durchschritt alle Räume auf der Suche nach einer Idee. Was nur tun?

Na klar! Warum war er nicht gleich drauf gekommen? Er konnte Nicole fragen, ihre Arbeitskollegin, die nur zwei Straßen weiter wohnte. Ina hatte einmal erzählt, mit ihr zusammen unterwegs gewesen zu sein. Vielleicht wusste sie, wo Ina sich aufhielt.

Er suchte im Adressbuch ihre Nummer. Ungeduldig wartete er auf das Freizeichen. Nach einer Weile hob ein Mann ab. Mats kannte schon Nicole nur flüchtig, ihren Mann überhaupt nicht.

In knappen Sätzen erzählte er, was los war, wobei er es tunlichst vermied, auch nur entfernt anzudeuten, seiner Frau könnte etwas passiert sein. Aber auch das hätte er sich sparen können, denn Nicole war nicht zu Hause. Sie war im Krankenhaus bei ihrer Mutter und nur sehr eingeschränkt erreichbar.

Er bedankte sich, beendete das Gespräch und ließ sich auf den erstbesten Stuhl fallen. Plötzlich wurde ihm anders. Aus dem Ärger über das verspätete Heimkommen war Sorge geworden. Nur eine vage Ahnung, aber die breitete sich unaufhaltsam in ihm aus. Allein der Umstand, dass dies keine Eigenart seiner Frau war, sorgte für Sorgenfalten auf seiner Stirn.

Er musste etwas tun. Angestrengt dachte er über die sich ihm bietenden Möglichkeiten nach.

Drei

»Ja, Oma. Ich verspreche es dir.«

Maike Wasmuth rollte mit den Augen. Das Telefongespräch mit ihrer sechsundachtzigjährigen Großmutter zog sich nun schon wieder zu lange hin und zu ihrem Verdruss machte die alte Dame auch keine Anstalten, ein Ende zu finden.

Aber, so gestand sie sich insgeheim ein, das Gespräch war mehr als überfällig gewesen. Beschämt hatte sie heute auf ihrer Laufrunde durch den Wald daran gedacht, wie lange das letzte schon wieder her war. Es musste vor mehr als einem Monat gewesen sein. Und seit ihre Oma zu Maikes Tante nach Süddeutschland gezogen war, sahen sie sich auch so gut wie gar nicht mehr.

Was Maike nur so nervte, war der Umstand, dass die Gespräche immer nach dem gleichen Muster abliefen. Oma Else nahm nicht wirklich Anteil an ihrem Leben, ließ aber keine Gelegenheit aus, darauf Einfluss zu nehmen. Alles musste sie kommentieren und zu allem ihren Senf dazugeben.

So war es auch diesmal. Längst hatte Maike sich angewöhnt, während dieser Telefonate, bei denen sie lethargisch auf den Redeschwall mit gelangweilten Kommentaren antwortete, die ohne weiteres auf jede gestellte Frage passten, anderen Dingen nachzugehen - sofern es mit dem Hörer am Ohr möglich war. Entweder surfte sie im Internet oder schaltete alle Fernsehprogramme einmal rauf und wieder runter. Heute feilte sie an ihren Fingernägeln. Eine Aufgabe, die sie meistens bei längeren Telefongesprächen erledigte. Sie tat es mehr oder weniger flüchtig, gerade so, damit ihre Nägel wieder in Form kamen, schließlich machte Maike sich nicht viel aus Äußerlichkeiten. Fingernägel hatten in erster Linie einen praktischen Nutzen; sich mit ihnen länger als nötig zu beschäftigen, hielt sie für Zeitverschwendung. Zudem dachte sie beim Hantieren mit der Feile auch immer an ihren Vater.

»Wer gut aussieht, hat nix in der Birne! Äußerlichkeiten vergehen, innere Werte nie!«

Diese und ähnliche Aussprüche hatte sie sich immer zu Herzen genommen. Er war großartig darin, Dinge auf den Punkt zu bringen. Und waren sie nicht auch zutreffend? Wenigstens ein kleines bisschen?

»Maike?«

Das laute Rufen ihrer Oma holte sie zurück und verriet ihr, dass sie offenbar eine Frage überhört hatte.

»Bitte, was meintest du gerade?«, fragte sie ertappt.

»Du hörst mir schon wieder nicht zu, stimmt's?«, tadelte ihre Großmutter. »Machst du nie, Liebes. Ist ja auch egal. Ich habe gefragt, ob du mit diesem Wegberg jetzt zusammen bist?«

Maike lächelte. Ihre Oma wurde wohl doch langsam schusselig. Ihr Kollege vom Landeskriminalamt musste als Ausrede herhalten, warum ihr letztes Lebenszeichen so lange zurücklag. Ganz zu Beginn des Gespräches ließ sie einfließen, mit ihm zusammen an einer vertrackten Sache zu arbeiten.

»Oma, wer hier wohl nicht zuhört? Ich sagte, Sellberg und ich arbeiten zusammen. Wir *sind* nicht zusammen. Sind wir nie gewesen.«

»Achso. Aber du kannst doch nicht ewig alleine bleiben! Gehst du denn nie raus? Du kannst doch nicht immer nur arbeiten.«

»Oma, ich komme zurecht. Ich gehe auch raus. Aber es ist nicht so einfach, weißt du…?«

»Ja, ja. Dein Opa und ich hatten damals auch keine

Wahl.«

Wieder rollte Maike mit den Augen und fügte ihrer imaginären Strichliste einen weiteren Eintrag hinzu. Die Geschichte kannte sie nun wirklich zu gut.

Es war höchste Zeit, das Gespräch zu beenden. Was jetzt noch folgen würde, war eh immer dasselbe, und darauf hatte sie nun überhaupt keine Lust. Wie auf Bestellung kam ihr das Klingeln der Haustüre zu Hilfe.

»Du, Oma, es klingelt. Ich muss mal nachsehen. Ja, ich melde mich wieder, versprochen. Tschüssi. Kuss!«

Maike drückte das Gespräch weg und holte tief Luft. Obwohl sie ihre Oma war, nervte sie mitunter, und trotzdem kam sie sich schäbig vor, sie so abzubügeln.

* * *

Sie erhob sich und ging zur Tür. Eigentlich konnte es nur Patrick sein. Und er war es auch, der sich an der Gegensprechanlage meldete. Sie drückte auf den Öffner und ging zurück in die Wohnung, während ihr Besuch die Treppe heraufkam.

Wenig später hörte sie, wie die Tür von innen zugedrückt wurde. Kurz darauf stand ihr Kollege aus der Mordkommission im Türrahmen. Vor sich hielt er ein kleines Paket, das mit dünnem Papier eingeschlagen war. Darauf erkannte sie den aufgedruckten Schriftzug ihrer Lieblingsbäckerei.

»Hallo, Frau Kollegin. Lust auf Kuchen?«

»Herr Kollege, sehr erfreut, Sie in dieser Aufmachung zu sehen. Sollten Sie sogar meinen Lieblingskuchen dabeihaben?«

»Welcher wäre?«

»Fängt mit Sahne an und hört mit Torte auf.«

»Na, da habe ich wohl Glück.«

Maike nahm ihm das Paket aus der Hand und ging voran in die Küche. »Kaffee oder Tee?«, fragte sie über die Schulter.

»Lieber Tee, bitte.«

»Sehr gut. Da ist mir jetzt auch nach. Dann mache ich uns ein Kännchen. Du hast ja schon mal richtig gute Einfälle, muss ich zugeben. Hier mit Kuchen aufzutauchen.«

»Manchmal hab ich eben lichte Momente.«

Patrick Bonhof sah sich in der Küche um. Sein letzter Besuch war mehrere Wochen her und einiges hatte sich verändert. Neue Küchenstühle standen um den kleinen Esstisch in der Ecke und auch bei der Dekoration war Maike neue Wege gegangen, wie er anerkennend feststellte.

Er war immer ein wenig neidisch auf die Leute, die für so etwas ein Händchen hatten, ihm ging so etwas völlig ab. Zweckmäßigkeit war für ihn das dominierende Schlagwort bei der Einrichtung einer Wohnung.

Maike bewunderte er aber nicht nur wegen ihres offensichtlichen Talents zur geschmackvollen Innendekoration.

Es war jetzt etwas mehr als ein Jahr her, seit er nach Osnabrück gekommen und gleich der Abteilung Kapitaldelikte zugeteilt worden war. Zu der Zeit überschlugen sich die Ereignisse, die ihm nicht nur eine häufige Zusammenarbeit mit Wasmuth bescherten, sondern ihm gleichzeitig ausreichend Gelegenheit boten, seine Fähigkeiten unter Beweis zu stellen. Außerordentliche Fähigkeiten, wie nicht nur sie ihm attestiert hatte. Patrick wusste um ihren Stand bei der Führung, weshalb er auf ihre Meinung viel gab.

Schon früh bekam er die Sprüche mit, wonach Maike

unter den Kollegen als ein Mensch galt, der niemanden zu nahe an sich heranließ. Viele sahen in ihr eine unterkühlte Fachidiotin, die nur auf ihre Karriere schielte. Eine Meinung, die er sehr schnell als blanken Neid enttarnen konnte.

Stattdessen erkannte er, wie sehr ihre Unnahbarkeit in erster Linie auf Abgrenzung fußte; ihr war einfach die strikte Trennung von Beruf und Privatleben eminent wichtig.

Gerne erinnerte er sich an den Abend zurück, als sie in das Morddezernat kam, in dem er als einziger noch gearbeitet hatte. Nicht lange, und sie hatten die berufliche Ebene verlassen und waren ins Plaudern geraten. Dabei hatten sie überrascht festgestellt, einen nahezu identischen Geschmack in Bezug auf Musik und Film zu haben. Diese Unterhaltung war der Auftakt zu gemeinsamen Konzertbesuchen und weiteren Veranstaltungen gewesen.

Die waren zwar nicht so zahlreich, aber immer angenehm. Im letzten Jahr hatten sie beispielsweise auf der Maiwoche ein Konzert eines ihrer Lieblingskünstler besucht. Seitdem trafen sie sich ab und an zu einem Kinobesuch oder gingen etwas essen, wenn es ihre knappe freie Zeit zuließ und sich ihre Interessen deckten.

Für ihn kam es beinahe einem Ritterschlag gleich, nach einiger Zeit zu ihr in die Wohnung eingeladen zu werden, war er doch einer der ganz wenigen Kollegen, dem diese Gelegenheit gegeben wurde. Denn so, wie sie ihr Privatleben für sich behielt, war die Wohnung der Rückzugsort, den sie nur sehr selten für Kollegen öffnete.

In diesem lehnte Patrick an der Tür und beobachtete, wie sie den Tee zubereitete. Sie hier in ihrer Wohnung zu sehen war so komplett anders als wenn er sie auf den kühlen Fluren des Präsidiums erblickte, und das lag nicht nur an dem kalten Licht und den langen Gängen.

Erst in der Freizeit, wenn die beiden bei ihm oder ihr zu Hause waren und die dienstlich angelegte Maske gefallen war, erkannte er, was für ein wunderbarer Mensch sie war.

Er mochte sie einfach. Ihre ganze Art, ihren Humor, ihre Bewegungen, die selbst bei den einfachsten Abläufen wie dem Teekochen noch filigran wirkten. Und er fand sie attraktiv. Sportlich, nicht zu groß oder zu klein und auf natürliche Art schön. Ihr Kurzhaarschnitt, den sie noch nicht lange trug, stand ihr ausgezeichnet und verlieh ihr, wenn er sich so wie jetzt ungekämmt auf dem Kopf verteilte, etwas Neckisches.

Er fragte sich, ob Maike auch Single war, schließlich hatte sie ihm gegenüber nie von einem Mann erzählt und auch im Kollegenkreis war nichts in der Richtung zu hören.

Ihm wäre zwar im Traum nicht eingefallen einen Flirt mit ihr zu beginnen, dafür war er selbst viel zu gerne alleine, aber es interessierte ihn einfach.

»Herr Bonhof?«

Patrick erschrak. In Gedanken versunken, war sein Blick auf ihr ruhen geblieben, was ihr schwerlich entgangen sein konnte.

»Bitte?«, fasste sich Patrick wieder.

»Ob du bitte das Tablett mit den Tellern und Tassen ins Wohnzimmer bringen könntest? Ich bringe den Tee dann mit.«

»Klar.« Er löste sich vom Türrahmen und nahm das Tablett von der Anrichte. »Oder sollen wir nicht lieber auf den Balkon?«, schlug er vor. »Es ist richtig schön draußen.«

Maike überlegte kurz. »Der Balkon ist noch im Winterbetrieb. Ich hab noch nicht aufgeräumt. Aber wenn wir eben über die Möbel wischen und dir die Unordnung nichts ausmacht, gerne.«

Patrick stellte das Tablett wieder ab und suchte einen Lappen. In der Spüle wurde er fündig und wollte ihn gerade unter den Wasserhahn halten, als sie Protest anmeldete.

»Du willst doch nicht wirklich mit dem Spüllappen über die Möbel, oder?«

»Nicht?«

Sie lachte. »Auf diese Idee können auch nur Männer kommen. Was meinst du, wieso das Ding Spüllappen heißt? Guck mal in den Schrank.«

Sie zeigte auf den Unterschrank der Spüle. »Da findest du einen Eimer samt Lappen. Den nimm mal besser.«

»Ts, Weiber. Lappen ist Lappen«, murmelte Patrick.

»Was?«

»Nichts.«

Vier

Ratlos stand Mats auf der Straße. Mit der Hand an der Stirn schützte er sich vor der tiefstehenden Sonne und blickte in Richtung Wald. Dorthin, wo er seine Frau vermutete.

Denn wäre sie links abgebogen, wäre sie durch den Ort gekommen und entweder schon wieder zuhause, oder - den Unglücksfall angenommen - von jemandem gefunden worden, wenn ihr etwas passiert wäre.

Er war sich sicher: Sie konnte nur im Wald sein oder wenigstens in der Richtung. Aber war es möglich, sich dort zu verlaufen? Jeder heimische Forst ist doch ohne weiteres zu durchqueren.

Er sah wieder auf sein Handy. Es blieb stumm. Was, wenn er jetzt von zu Hause wegging, um sie zu suchen, und sie in der Zeit käme? War es nicht viel besser, dort auf sie zu warten? Klar, er könnte einen Zettel schreiben, aber dennoch sträubte sich etwas in ihm, jetzt auch in den Wald zu gehen.

Aus dem Augenwinkel vernahm er eine Bewegung. Er fuhr herum, aber alles was er sah, war ein großer Schäferhund, der aus der Nebenstraße kam und jetzt gemächlich auf ihn zutrottete. Er kannte das Tier und wusste, zu wem es gehörte, und es dauerte tatsächlich nicht lange, und auch Heinrich Ehlentrup kam um die Ecke geschlendert.

Der Hagener Bauer und Großgrundbesitzer, dem unter anderem auch ihr Grund und Boden gehört hatte, galt als heimlicher König von Hagen. Sie kannten die Geschichten, die man sich im Ort über ihn erzählte. Er war ein klassisches Urgestein. Viele sahen in ihm einen kauzigen, aber durchaus liebenswerten Menschen.

»Moin«, begrüßte Ehlentrup ihn, als er auf Mats zukam

und kurz seine Mütze lupfte, die, so vermutete Mats dem Zustand nach, schon viele Jahre das Haupt des Mannes bedeckte.

Er war sich nicht sicher, ob Ehlentrup ihn kannte oder sein Gruß allgemeiner Art war.

»Hallo«, grüßte er freundlich zurück.

»Kann ich helfen?«, bot sich der Alte an.

»Wieso?«, fragte Mats ob des Angebotes verwundert.

Statt einer Antwort stellte sich Ehlentrup neben ihn und sah gleichfalls in Richtung des Waldes.

»Weil Sie so aussehen, als könnten Sie Hilfe gebrauchen.« Er drehte sich um und sah ihn an. »Deshalb. Ich habe Sie schon eine ganze Weile hier stehen sehen. Sie sind neu hier, oder?«

Die Frage musste ja kommen. Hagen war ein Dorf, jeder kannte jeden. So kam es ihm manchmal vor. Sie lebten zwar nicht völlig zurückgezogen, aber die Mitgliedschaft im Tennisverein war nun einmal etwas anderes als die im Schützenverein.

»Stimmt. Wir haben letztes Jahr hier gebaut.«

Er zeigte auf ihr Haus. »Da drüben, das mit dem roten Klinker.«

»So«, ging Ehlentrup nicht weiter darauf ein, sondern schaute wieder in Richtung Wald.

»Ich … ich suche meine Frau. Sie ist vorhin weggegangen und …«

»In Richtung Hüggel?«, unterbrach er ihn.

»Was?«

»Ist sie zum Hüggel hinaufgegangen?«

Mats musterte Ehlentrup von der Seite. Unentwegt starrte dieser in Richtung Wald. Sein Gesicht - wie auch die gesamte Erscheinung - verriet die harte Arbeit, die er offenbar in vielen Jahren an der frischen Luft verrichtet hatte. Tiefe Falten zogen sich über die Wangen und die Stirn.

So sieht also jemand aus, dachte sich Mats, der sein ganzes Leben bei Wind und Wetter draußen verbracht hat.

»Ich weiß es nicht«, antwortete Mats ehrlich. »Ich vermute es, aber ich kann es nicht sagen.«

Ehlentrup nickte stumm.

»Wann ist sie gegangen?«, fragte er schließlich, den Blick nicht vom Wald abwendend.

»Heute Mittag irgendwann. Vielleicht so gegen zwölf?«

Wieder nickte Ehlentrup, dieses Mal bedächtig. Er schob seine Kappe etwas nach hinten und sah Mats mit einem Blick an, der ihm durch und durch ging.

»Der Hüggel ist tückisch, junger Mann. Ich glaube, Ihre Frau kommt nicht wieder.«

Fünf

Mats war außer sich.

Was sollte das heißen? Was meinte Ehlentrup damit, seine Frau würde nicht wiederkommen?

Er fuhr sich durch die Haare. Er brauchte Hilfe. Suchend sah er sich um. Die Nachbarn? Konnte er sie um Hilfe bitten?

Er blickte in die Carports und Hofeinfahrten, die sich an ihre Grundstücke anschlossen. Nirgends stand ein Auto. Niemand hielt sich im Garten auf, kein Kindergeschrei war zu hören. Erst jetzt bemerkte er, wie ruhig es hier war. Nicht das geringste Geräusch war zu hören.

Hektisch lief er zurück zum Haus, griff sich aus dem Flur die Schlüssel und stürzte zu seinem Auto. Ihm fiel nur eine Möglichkeit ein, wo er jetzt Hilfe bekommen konnte.

Die Polizeiwache lag nur wenige Kilometer entfernt. Am Rathaus angekommen, wo auch der Polizeiposten untergebracht war, parkte er sein Auto zur Hälfte auf dem Radweg und der Straße. Schnell stürmte er die wenigen Meter zum Eingang und nahm die drei Stufen auf einmal. Erfolglos zog er an der Tür.

Mats hämmerte dagegen. Vor Aufregung schwer atmend, entdeckte er den Zettel, der an der Scheibe klebte:

Dienststelle derzeit nicht besetzt. In Notfällen wenden Sie sich bitte an die Polizei in Georgsmarienhütte oder wählen Sie den Notruf 110

Er rüttelte an der Klinke. Zwecklos. Es tat sich nichts.

»Verflucht!« Mats war der Verzweiflung nahe. Erst dieser Quatsch von Ehlentrup, jetzt die geschlossene Polizeiwache. So sehr er auch auf den alten Mann eingeredet hatte, so wenig hatte er er aus ihm herausbekommen. Allein bei seiner Aussage war er geblieben, hatte auf dem Absatz kehrtgemacht und ihn auf der Straße stehengelassen.

Und nun? Sollte er noch weiter in den Nachbarort fahren und den Polizisten dort zu erklären versuchen, was vorgefallen war? Oder lieber gleich den Notruf wählen? Um dann was zu erzählen? *'Guten Tag, meine Frau ist weg und ein alter Bauer hat so komisch dahergeredet?'*

»Da ist heut keiner. Ist doch Sonntag«, hörte er plötzlich jemanden rufen.

Er fuhr herum und sah eine ältere Frau, die ihren Gehwagen an seinem Auto vorbeischob. Sie war schon ein Stück weitergegangen, als sie sich noch einmal kurz umdrehte und ergänzte: »Die ham kein Geld mehr. Alles machen se zu!«

Mit schweren Schritten ging Mats zu seinem Auto und lehnte sich gegen den Kotflügel. Alles Mögliche ging ihm in diesem Augenblick durch den Kopf.

Den Sorgen um seine Frau war ordentlich Nahrung gegeben worden. Vor allem quälte ihn schier die Frage, warum der Alte nicht mehr erzählte. Warum nur diese Andeutung? Klang es nicht wie Gewissheit, was er über seine Frau gesagt hatte? Und wenn ja, woher nahm er diese? Wie konnte er ihn so ahnungslos auf der Straße stehenlassen?

Wenn ich doch weiß, wie besorgt jemand um seine Frau ist, dachte sich Mats, *und voller Sorge bin oder auch nur eine Ahnung habe, was ihr passiert sein könnte, helfe ich ihm doch.*

Er verstand es nicht.

Und jetzt auch noch die geschlossene Polizeiwache. Er

blickte sich um. Außer der Frau war keine Menschenseele zu sehen. Der Ortskern war wie die Siedlung ausgestorben. Er sah auf seine Uhr. Es war kurz vor fünf.

Wieder dachte er eine Weile nach, ehe er sein Telefon in die Hand nahm und den Notruf wählte. Er drückte die drei Ziffern und ließ seinen Daumen über dem grünen Hörer verharren. Sollte er wirklich telefonisch seine Frau als vermisst melden? Etwas in ihm sträubte sich dagegen. Lieber sagte er es einem Beamten persönlich. Wenn er nur wüsste, wo die Wache in Georgsmarienhütte war. Oder sollte er nach Osnabrück fahren? Er überschlug den Weg. Schneller war er in Hütte. Zudem graute ihm davor, sich durch die Stadt zu quälen.

Zudem, kam ihm in den Sinn, kannten die Polizisten dort bestimmt auch eher die Örtlichkeiten in Hagen, und wussten deshalb vielleicht auch, was dieses Gerede von Ehlentrup bedeutete, wenn er denn überhaupt davon anfangen würde. Das würde ihm doch sicherlich keiner glauben.

Er steckte das Telefon weg. Just in dem Moment klingelte es. Er holte es wieder hervor und sah die Nummer seiner Schwiegereltern. Kurz zögerte er, dann warf er das Telefon auf den Beifahrersitz und fuhr los. Er würde diese blöde Wache schon finden.

* * *

Über die Hüttenstraße erreichte Mats den Nachbarort. Jede Beschränkung missachtend, raste er die abschüssige Straße nach Georgsmarienhütte mit neunzig Stundenkilometern hinab.

Kurz vor dem ersten Kreisverkehr hielt er an und fragte einen Spaziergänger nach dem Weg. Er hatte keine Lust, sich womöglich im Gewirr der Nebenstraßen zu verfahren. Wieso sich nur Fastfoodketten an Einfallstraßen niederließen und nicht auch so wichtige Einrichtungen wie eine Polizeiwache, würde er nie verstehen.

Der Passant wies ihm den Weg - im ersten Kreisel die erste Ausfahrt, dann lag die Polizeistation gleich auf der rechten Seite. Als Mats den Kreisel erreichte, sah er auch das Hinweisschild. Wenigstens blieb es ihm erspart, auch noch durch den ganzen Ort fahren zu müssen.

Er hielt vor der Wache, stellte seinen Wagen auf den Besucherparkplatz und ging die wenigen Schritte zum Eingang. Im flachgestreckten Gebäude aus rotem Backstein brannte Licht, hier war scheinbar wirklich jemand.

Mats betrat einen für seinen Geschmack viel zu kleinen, unpersönlichen Vorraum von vielleicht sechs Quadratmetern und musterte flüchtig die dort angebrachten Plakate, die allesamt Hinweise zur Gefahrenabwehr, zum richtigen Verhalten bei Einbrüchen sowie bei Übergriffen und Diebstählen beinhalteten.

Er stellte sich vor die Scheibe, die, so nahm er aufgrund der Dicke an, aus Sicherheitsglas bestand. Nicht einmal eine kleine Öffnung befand sich darin, sodass er zähneknirschend über ein kleines Mikrofon mit dem diensthabenden Polizisten sprechen musste. Lieber wäre ihm gewesen, er hätte über einen Tresen von Mensch zu Mensch reden können. Wenn die in so einem Ort schon derartige Sicherheitsvorkehrungen trafen, wie musste es dann erst in den wirklichen Brennpunkten sein?

Mats wartete ungeduldig, bis der Beamte hinter der Scheibe seine Notizen beendet hatte und aufblickte.

Er stellte sich vor und entschied sich für die Flucht nach vorn.

»Ich möchte meine Frau als vermisst melden«, sagte er und gab sich große Mühe, nicht zu aufgeregt zu klingen. Die Geschichte war eh schon absurd genug, da half nur souveränes Auftreten. Und nur dieser eine Satz. Das hatte er sich vorgenommen. Anhand der Reaktion seines Gegenübers würde sich alles weitere ergeben, da war er sich sicher.

Sein Anliegen registrierte der Beamte ohne sichtliche Regung. Gleichmütig sah er ihn an.

»Seit wann ist Ihre Frau denn weg?«, hörte Mats dessen Stimme trotz des Lautsprechers leise und wie von weiter Ferne.

Mats hatte mit genau dieser Frage gerechnet und sie befürchtet.

»Seit … seit heute Vormittag.«

Er konnte ja ruhig ein wenig draufsatteln, vielleicht nutzte es was. Genaugenommen war sie erst gegen halb zwei aufgebrochen.

Der Beamte hinter dem Sicherheitsglas blieb regungslos.

»Seit heute Mittag?«, wiederholte er. Sein Tonfall ließ weder Verwunderung noch sonst eine Reaktion erkennen. Zwei Kollegen im Hintergrund sahen kurz auf.

»Und wieso glauben Sie, sie sei verschwunden? Gibt es dafür Anhaltspunkte?«

Das Gespräch lief genauso, wie er es erwartet hatte. Für den Beamten war er nur jemand, der übersensibel auf das Fernbleiben seiner Frau reagierte. Alles andere als ein Grund, in Betriebsamkeit zu verfallen.

»Nein. Es ist nur … sie ist heute Mittag aufgebrochen und hat ihr Handy zuhause gelassen. Wir wohnen noch nicht sehr lange in Hagen, erst seit letztem Jahr, aber sie geht oft da spazieren. Sie kennt sich eigentlich gut aus in der Gegend, aber sie war noch nie so lange weg. Vielleicht …«

Mats versuchte das Ganze etwas abzumildern. Möglicherweise kam er so weiter. »Vielleicht ist verschwinden auch zu viel gesagt. Eventuell ist ihr etwas zugestoßen. Umgeknickt oder sowas. Keine Ahnung. Auf jeden Fall ist sie irgendwo da im Wald und gleich wird es dunkel. Ich mache mir einfach Sorgen.«

Er sah von seinem Gegenüber zu dessen zwei Kollegen, die ihn aber mit der gleichen Gelassenheit anschauten. Der Beamte hinter der Scheibe streckte stumm seinen Arm aus und betätigte einen Knopf auf der Telefonanlage. Ein leises Brummen entriegelte die schwere Eingangstür und forderte Mats auf, einzutreten.

Das ließ er sich nicht zweimal sagen und stand wenig später an dem langen Tresen, der den Flur der Wache von den Arbeitsplätzen trennte. Er war erleichtert. Ohne störende Scheibe, so hoffte er, konnte er den Polizisten sicherlich eher von seinen Sorgen überzeugen.

Aufreizend langsam erhob sich der Beamte von seinem Platz. Nichts deutete darauf hin, dass er von dem, was Mats gesagt hatte, beeindruckt war. Seine beiden Kollegen gingen sogar wieder ihrer Arbeit nach.

»Ich kann Ihre Sorgen ja verstehen«, begann der Polizist schließlich, »aber uns sind da leider die Hände gebunden. Ein Wegbleiben Ihrer Frau von gerade einmal wenigen Stunden, ohne jegliche Hinweise auf irgendwas …« Er ließ den Satz so stehen.

Mats ließ den Kopf sinken.

Der Alte. Ehlentrup tauchte vor seinem inneren Auge auf. *Der Hüggel ist tückisch.* Sollte er ihn erwähnen? Angestrengt suchte er nach Worten.

»Ich weiß«, sagte er leise. »Mir ist klar, dass das für Sie wahrscheinlich nichts Ungewöhnliches ist. Aber Sie müssen mich doch auch verstehen. Irgendwo da im Wald ist meine Frau. Wenn Sie mir nicht helfen … soll sie denn die ganze Nacht da draußen bleiben? Was soll ich denn tun?«

Die stoische Art des Beamten begann ihn wütend zu machen.

»Sie reden immer von einem Wald«, bemerkte der Beamte. »Welchen meinen Sie denn eigentlich genau? Und wieso soll sie ausgerechnet dort sein?«

Endlich! Mats war erleichtert. Endlich ging das Gespräch in die richtige Richtung.

»Wir wohnen in der Nähe vom Silberberg. In der Neubausiedlung kurz vor dem Ortsausgang, wo es zum Hüggel hochgeht.«

Der Blick des Beamten veränderte sich für den Bruchteil einer Sekunde. »Sie wohnen in Hagen? Am Hüggel, sagen Sie?«

»Ja«, sagte Mats. »Kennen Sie die Gegend?«

Der Beamte zeigte wieder seinen gleichgültigen Gesichtsausdruck »Flüchtig. Sag mal …«, er drehte sich zu seinem Kollegen um, »wohnt da nicht Verwandtschaft von dir? Wo kommt man denn da raus, wenn man den Hüggel hochgeht?«

Sein Kollege blickte auf und trat neben ihn an den Tresen. »In Hasbergen. Der Hüggel ist die Verbindung der beiden Orte.«

»Kann man sich da verlaufen?«

Der andere überlegte. »Im Hüggel? Eigentlich nicht. Soweit ich weiß, geht da nur ein Weg durch. Wir sind den früher immer gewandert. Ist lange her. Wenn man auf dem bleibt, kann man eigentlich nichts falsch machen. Man geht vorne rein und kommt hinten in Hasbergen wieder raus.«

»Na, wunderbar«, sagte Mats. »Wenn es nur einen Weg gibt, kann man den ja mal abfahren, oder?«

»Das ist ein unbefestigter Waldweg, guter Mann. Mit Durchfahren ist es da schlecht. Haben Sie da überhaupt schon mal geguckt?«

Der Blick, mit dem der erste Beamte ihm diese Frage stellte, verriet deutlich, was er dachte. Auf alles hatte er am Sonntag Lust, aber nicht auf einen hysterischen Ehemann, der seine Frau vermisste. Seine Frage war die unverhohlene Absicht, ihn wieder loszuwerden.

»Nein«, gab Mats kleinlaut zu. »Erstens kenne ich mich da nicht aus, und zweitens …«

»Ja?«

Wieder zögerte Mats. So wie das Gespräch lief, tat er gut daran, den Einwand von Ehlentrup gar nicht erst zu erwähnen.

»Nichts.«

»Sehen Sie«, meinte der Kollege seines Gesprächspartners beschwichtigend. »Ich schlage vor, Sie fahren nach Hause und schauen mal, ob sich Ihre Frau nicht mittlerweile gemeldet hat. Sicher hat sie nur eine Bekannte getroffen. Sie wissen doch, wenn Frauen erst einmal ins Sabbeln kommen …«

Er schmunzelte über die in seinen Augen wohl witzig gemeinte Bemerkung.

»Und dann«, wurde er sofort wieder ernst, »rufen Sie mal bei den Freunden Ihrer Frau an. Ich bin sicher, das klärt sich alles. Seien Sie unbesorgt. Hagen ist ein Dorf, so schnell verschwindet man da nicht.«

Der Beamte sah ihn aufmunternd an.

Mats sah von einem zum anderen und nickte stumm. Er hob die Hand und verließ die Wache.

Draußen vor der Tür blieb er stehen. Was hatte er erwartet? Dass sie sofort alle Hebel in Bewegung setzen würden, um nach Ina zu suchen? Obwohl sie gerade einmal vier Stunden weg war? Ein törichter Gedanke. Er wusste, was er tun musste. Nicht ihre Bekannten durchtelefonieren. Das vielleicht auch. Aber zuerst stand ein Besuch bei dem Alten an. Ihm sollte er auf die Pelle rücken. Noch einmal würde er ihn nicht so einfach stehenlassen.

Mats ging zu seinem Wagen, als ihm ein Gedanke kam. Ina kannte doch eine Polizistin! Wie hieß die noch? Angestrengt dachte er nach. Maike! Genau, so hieß sie. Von ihr hatte Ina nach dem Klassentreffen gesprochen.

Er suchte in dem Adressbuch ihres Handys nach dem Namen und hoffte, seine Frau hatte die Nummer auch abgespeichert. Ihm fiel ein Stein vom Herzen, als er den Eintrag fand. Maike Wasmuth. Er wählte die Nummer und ließ es klingeln.

Sechs

Maike streckte sich und lümmelte sich genüsslich auf den Liegestuhl. Es war eine gute Idee gewesen, das Kaffeetrinken nach draußen zu verlegen. Dass sie da nicht selbst drauf gekommen war …

Der noch nicht aufgeräumte Balkon störte sie dann auch nicht weiter. Sie griff nach der auf dem Boden stehenden Tasse und sog den Duft des milden, vollen Aromas ein, der daraus emporstieg. Der schwarze Tee war eine Empfehlung ihres Teehändlers, der sein Geschäft nur wenige Häuser neben ihrer Wohnung eröffnet hatte. Was für sie, als leidenschaftliche Teetrinkerin, ein absoluter Glücksfall war.

Aber auch der Kuchen war ein Gedicht gewesen. Patrick hatte ihn im richtigen Geschäft gekauft. Ein alteingesessener Konditor in der Innenstadt, der seine Kuchen und Torten noch selbst herstellte, im Gegensatz zu den Läden, die vorgefertigte Industrieware zu überteuerten Preisen an den Mann brachten. Sie schätzte diese Kleinigkeiten.

Patrick war überhaupt sehr aufmerksam und ein angenehmer Kollege. Sie arbeitete gerne mit ihm zusammen. Trotz seiner wenigen Dienstjahre brachte er eine Fähigkeit mit, die sie bei älteren Kollegen oft vermisste: Er sah den Menschen. Ein Fall war für ihn nicht nur Papier zwischen zwei Aktendeckeln. Wie hatte er einmal treffend gesagt? »Ein Fall ist zuallererst das Problem, das zwei Menschen miteinander haben.« Auf solche Sätze wartete sie bei anderen Kollegen vergeblich. Kein Dozent könnte es besser auf den Punkt bringen.

Aber obendrein war er ein richtig guter Ermittler. Einer, der mit hoher Intelligenz ausgestattet war, die er aber nicht ständig vor sich her trug, vielmehr zielgerichtet einzusetzen verstand.

Und er hatte das gewisse Etwas. Sie hatte in ihren Jahren beim Präsidium schon einige kommen und gehen sehen und nicht wenige stellten sich mehr oder minder dumm bei dem Versuch an, sie anzugraben. Nicht so Patrick.

Seit dem Tag, an dem sie gemerkt hatten, dass sie den gleichen Musikgeschmack besaßen, und sich ab und zu privat getroffen hatten, war sie von ihm zunehmend beeindruckt. Er wahrte Distanz, ohne kühl zu wirken. Er konnte unterhalten und sich gleichzeitig zurücknehmen. Kein dumpfer Lautsprecher. Im Umgang mit anderen Menschen verfügte er über Feingefühl, eine Eigenschaft, die sie bei sehr vielen Mitmenschen schmerzlich vermisste.

Sie blickte hinüber zu ihrem Kollegen. Patrick lag mit geschlossenen Augen neben ihr und rieb sich über die Arme. Seit die Sonne hinter den Nachbarhäusern verschwunden war, war die Temperatur doch merklich gesunken.

»Wieso ausgerechnet Osnabrück?«, fragte sie ihn, als er sich auf dem Liegestuhl räkelte.

»Was?«

»Du kommst doch aus Hamburg. Ich habe mich schon immer gefragt, wieso man von Hamburg nach Osnabrück geht. In Hamburg ist es doch um Längen spannender als hier in der Provinz. Oder liege ich da falsch?«

Patrick stellte die Rückenlehne aufrechter und griff sich seinen Pullover.

»Das meinen viele, aber du irrst dich. Tot ist tot, da ist es egal, ob die Leiche an der Elbe oder an der Hase liegt. Und wenn ich an meine erste Zeit denke, war hier auch nicht gerade wenig los.«

»Stimmt, aber das konntest du nicht wissen. Also sprich, was hat dich hierher verschlagen? Die Liebe?«

»Täusche ich mich, oder verhören Sie mich gerade, Frau Kollegin?«

»Sie täuschen sich. Mir ging nur durch den Kopf, wie wenig ich über dich weiß, obwohl wir jetzt über ein Jahr Seite an Seite arbeiten. Außer dass wir die gleiche Musik hören. Und ich weiß nun einmal gerne etwas über die Menschen, mit denen ich zusammenarbeite. Zumal, wenn sie sich auf meinem Balkon lümmeln.«

Patrick schmunzelte. »Ich wollt grad sagen, das fällt dir aber spät ein. Wie viele Male haben wir uns jetzt schon getroffen? Von dir weiß ich auch nicht wirklich viel und es macht mir auch nichts aus. Zudem befinde mich ja wohl in guter Gesellschaft. Schließlich kann man die Kollegen auf der Wache, mit denen man privat mal einige Worte wechseln kann, doch an einer Hand abzählen. Scheint eine Osnabrücker Eigenart zu sein, bloß nicht zu viel von sich preiszugeben.«

Damit hatte er zweifelsohne Recht. Sie selbst hütete sich ja davor, mit Kollegen allzu privates auszutauschen. Früher war sie da freigiebiger gewesen, aber je höher sie in der Hierarchie aufgestiegen war, desto mehr hatte sie dem einen Riegel vorgeschoben und war ihr die Grenze zwischen Dienst und Privatleben wichtiger geworden.

»Ich konnte es mir aussuchen«, erklärte Patrick. »Auf der Akademie waren mehrere Stellen ausgeschrieben. Aber Lüneburg fand ich jetzt nicht so sexy. Zudem genoss Osnabrück einen recht guten Ruf bei unseren Ausbildern.«

Maike zog die Augenbraue hoch. »Obwohl Herzig damals noch sein Unwesen hier getrieben hat?«

»Da muss ich wohl gerade auf dem Klo gewesen sein, als die Minuspunkte aufgezählt wurden«, sagte Patrick süffisant.

Sie lachte. Es gab wohl niemanden, der dem ehemaligen stellvertretenden Standortleiter nachtrauerte. Sie selbst war einige Male heftig mit ihm zusammengerasselt. Ihr graute, wenn sie daran zurückdachte.

»Aber der ist ja zum Glück Geschichte. Was macht der noch gleich?«, fragte Patrick.

»Der ist in Hannover, irgendwas im Innenministerium. Wahrscheinlich staubt der da Akten ab oder ärgert die Leute. Zu was anderem ist er ja eh nicht zu gebrauchen.«

Patrick nickte beflissen.

»Apropos Hannover«, er machte eine bewusste Pause, »es hält sich bei uns im Fußvolk hartnäckig das Gerücht, du wärst auch auf dem Sprung.«

»Hannover? Ich?«, fragte sie überrascht. »Wer erzählt denn sowas?«

»Niemand Bestimmtes. Es wabert immer mal wieder durch die Büros. Es heißt, Sellberg würde dich gerne bei sich im LKA sehen.«

Sie machte eine abschätzige Handbewegung. »Ach *das*. Ich dachte schon, du kommst mit was Neuem um die Ecke. Das ist ja nun wirklich ein alter Hut.«

»Also ist da nichts dran?«

Sie schüttelte den Kopf. »Kein Stück. Er versucht es zwar in regelmäßigen Abständen, aber ich bleibe euch erhalten.«

»Was spricht gegen das LKA?«

»Nichts. Zumindest nichts, was ich gehört hätte. Aber mir macht die Arbeit hier einfach richtig viel Spaß. Zudem habe ich hier meinen Bekanntenkreis und ich bin niemand, der sich mal eben so einen neuen aufbaut, wenn er irgendwo anders hinkommt.«

»Verstehe … dann also doch Chef?«

Sie richtete sich auf und sah ihn bestimmt an. »Was? Wieso Chef?«

Jetzt winkte Patrick ab. »Ach, das ist sicher auch nur so ein Gerücht.«

»Komm schon, raus mit der Sprache«, drängte sie ungeduldig. »Was erzählt man sich?«

Patrick wich ihrem Blick verlegen aus.

»Mehrere sehen dich als neue Chefin der Abteilung Kapitaldelikte, wenn Laser in einigen Jahren gehen sollte. Oder sogar als Königin, wenn Liechtenstein keine Lust mehr hat.«

Maike verschlug es die Sprache. Einige sagten ihr kühle Berechnung nach, das wusste sie, aber dass die Gerüchte so weit gediegen waren, war ihr neu.

»Als Königin?«, wiederholte sie. »Standortleitung? Ich? Was ist das denn für ein Schwachsinn? Dass Liechtenstein geht, ist doch überhaupt kein Thema. Und was Laser angeht: Wieso sollte ich mich auf eine Stelle setzen, die unter meiner jetzigen liegt?«

Sie schüttelte den Kopf. Nur weil sie zum Führungskreis gehörte, hieß das ja nicht, noch weitere Ambitionen zu haben. Sie mochte ihren Job, sorgte wann immer es ging dafür, den Kontakt zur Basis, also zu den Kollegen, nicht zu verlieren, um gerade nicht als Theoretikerin betrachtet zu werden. Wie man also ernsthaft auf die Idee kommen konnte, sie würde womöglich ihre Nähe zu den Kollegen nur als Sprungbrett oder, was sie für noch schlimmer hielt, als Alibi benutzen, erzürnte sie beinahe.

Patrick war über den Ausbruch überrascht und hob beschwichtigend beide Hände. »Nun gib doch nichts auf den üblichen Schwachsinn, den sich die Leute aus Langeweile erzählen. Du bist in deren Augen eben eher eine von denen als von uns. Keinen Schimmer, wie man darauf kommen kann, aber nun gut. Vielleicht wollen einige aber auch einfach nur dich als Chefin, weil sie mit dir am besten klarkommen. Das wäre ja auch eine Möglichkeit. Und so übel ist die Leitung des Dezernats Kapitaldelikte ja nun auch nicht.«

Maike beruhigte sich wieder. »Stimmt ja. Aber gut zu wissen, was die Leute über einen denken.«

»Das hast du aber nicht von mir, klar?«

»Aber so was von. Morgen stelle ich alle vor versammelter Mannschaft zur Rede. Und petze dein Getratsche.«

»Pff«, machte Patrick verächtlich. »Mach doch!«

»Wie spät ist es eigentlich?«, wechselte sie das Thema, »müssen wir nicht langsam los?«

Heute spielte *Dämmerung* im Rosenhof. Die Gruppe aus Osnabrück, die deutsche Texte mit Tiefgang und gleichzeitig witzige Unterhaltung bot, war derzeit noch ein Geheimtipp, deswegen hatten sie sich eigentlich heute verabredet. Das Kaffeetrinken war da nur eine schöne Zugabe gewesen.

Patrick sah auf die Uhr. »Noch Zeit satt. Karten haben wir und voll wird es eh nicht werden. Wenn wir um halb sieben losfahren, ist das früh genug.«

»Sehr schön. Sag mal, ich hab schon wieder ein kleines Hüngerchen. Du auch? Dann mache ich uns noch schnell einen Salat.«

»Für mich nicht«, lehnte er dankend ab. »Der Kuchen liegt mir noch schwer im Magen. Ich esse nachher eine Kleinigkeit.«

»Okay.«

Maike verließ den Balkon und wollte gerade in die Küche abbiegen, als ihr Telefon klingelte. Die Nummer war ihr nicht bekannt. Wenigstens war es keine aus dem Präsidium, die hatte sie alle abgespeichert. Auf Arbeit hatte sie heute überhaupt keine Lust.

Sieben

»Aber du hast ihm nichts erzählt, oder?«

Die Runde, die sich jeden Sonntag in der *Waldklause* traf, blickte gebannt zu Ehlentrup, der auf seinem Stammplatz an der Stirnseite des Tisches saß.

Mit einem Mal war die Stimmung umgeschlagen. Schon als Ehlentrup das Lokal betreten hatte, war den anderen aufgefallen, dass irgendetwas vorgefallen sein musste. Er sprach nie viel, aber heute war er noch introvertierter zum Stammtisch erschienen.

»Siehst blass aus, alter Junge. Haste Stress mit Lisbeth?«, hatte Hagenkord gleich zur Begrüßung gefragt. Doch statt einer Antwort hatte dieser nur die Hand gehoben und sich wortlos niedergelassen.

Jetzt hob er seinen Blick und sah in die Runde, musterte einen nach dem anderen. Ein Satz hatte genügt, um die ungeteilte Aufmerksamkeit der anderen zu bekommen.

»Es ist wieder passiert«, hatte er tonlos gesagt.

Nach einer kurzen Pause waren die Fragen auf ihn nur so niedergeprasselt.

»Wer ist es?«, wollte beispielsweise Jürgens wissen.

»Ob das sicher ist?«, bohrte Poggemann nach.

Ehlentrup antwortete nicht, sondern schüttelte stumm den Kopf.

»Sag schon«, drängte Jürgens ihn.

Der Alte senkte wieder seinen Blick und war kaum zu verstehen. »Eine Neue. Sie ist letztes Jahr hergezogen. War spazieren. Oben, im Hüggel.«

»Gott steh uns bei«, stieß Poggemann aus.

Jürgens haute mit der Faust auf den Tisch. »Scheiße, Gott verflucht!«

»Hast du es ihm erzählt?«, wiederholte Jürgens seine

Frage.

Ehlentrup schüttelte stumm den Kopf. »Nichts habe ich ihm erzählt.«

Gefälliges Nicken, begleitet von Gemurmel, wanderte um den Tisch.

»Und was jetzt?«, kam es von Landwehr, der sich das erste Mal zu Wort meldete.

Jürgens sah ihn mit grimmigem Funkeln in den Augen an. »Nichts 'und jetzt'. Wir können es nicht verhindern und wir können nichts tun. Oder?«

Die Frage hing schwer in der Luft, keiner hatte eine Antwort. Alle sahen nur betreten nach unten.

Hagenkord leerte sein Bier in einem Zug. Er stellte das Glas laut auf dem Tisch ab, hielt es aber weiterhin fest umschlossen. »Niemand kann uns helfen. Niemand.«

Wieder machte ergebenes Nicken und Gemurmel die Runde.

Acht

Wasmuth hielt sich das freie Ohr zu, um den Anrufer besser verstehen zu können. Irgendwas hatte Patrick ihr zugerufen und so das Gespräch gestört, dabei war der Anrufer schon schwer genug zu verstehen.

»Nochmal - wer ist da?«, fragte sie in den Hörer.

»Mats Gebauer, ich bin der Mann von Ina Hendricks.«

Maike dachte nach. *Hendricks*. Der Name sagte ihr etwas. Nur was? Irgendwo hatte sie ihn schon mal gehört, konnte ihn aber auf die Schnelle nirgends unterbringen.

»Gebauer«, fragte sie deshalb nach. »Kennen wir uns?«

»Wir nicht«, kam es vom Anrufer zurück. »Du bist … Sie sind mit Ina zur Schule gegangen. Ina Hendricks. Realschule am Wall.«

Plötzlich fiel es ihr ein. Natürlich, Ina! Erst im Dezember waren sie zusammen auf dem Weihnachtsmarkt gewesen, nachdem sie ihr zwanzigjähriges Klassentreffen gefeiert hatten. Die kleine Ina, die den Hauptgewinn gezogen und sich den Zahnarzt geangelt hatte, wie sie mit ihren Mitschülern witzelte.

»Ja, jetzt erinnere ich mich«, sagte sie.

Das musste er also sein. Der Zahnarzt. »Was gibt es?«

Der Anrufer machte eine Pause und sie bemerkte die feine Nuance, um die sich seine Stimme veränderte.

»Ich … ich brauche Hilfe. Ina ist weg. Die Polizei sagt, sie kann nichts machen, aber gleich ist es dunkel, und sie ist da im Wald. Ina sagte einmal, Sie wären auch bei der Polizei … bitte, ich brauche Ihre Hilfe.«

Angestrengt hörte Maike zu. Die Mobilverbindung war zu schlecht, um Mats wirklich gut zu verstehen. Ina war wohl verschwunden - so viel hatte sie klar verstanden - und ob sie ihm helfen könnte.

Sie sah zum Balkon, wo Patrick sich gerade anschickte, den Tisch abzuräumen. Maike rief sich das Klassentreffen in Erinnerung.

Ina war letztes Jahr von Osnabrück ins Umland gezogen. Wohin noch gleich? Sie konnte sich nicht erinnern. Irgendwas mit 'H' ... Hagen? Hasbergen? Egal. Wenn ihr Mann sie schon anrief, schien es wirklich ernst zu sein. Immerhin war er schon bei der Polizei gewesen. Aber wenn die ihm nicht helfen wollte, was konnte sie dann tun? Sollte sie ihm seine Bitte abschlagen und den Abend wie geplant mit Patrick verbringen? Oder sollte sie sich auf Mats einlassen, obwohl sie nach den wenigen Gesprächsfetzen schon ahnte, es mit einer vertrackten Sache zu tun zu haben?

Vor einer Entscheidung musste sie mehr von Mats erfahren. Diese ersten Informationen waren viel zu dürftig.

»Was heißt denn verschwunden? Wo wollte sie hin?«

Erleichterung schwang in Mats` Stimme mit, als er sie aufklärte. »Sie ist heute Mittag zu einem Spaziergang aufgebrochen und nicht wieder nach Hause gekommen. Sie hat ihr Handy zuhause gelassen, ich kann sie nicht erreichen. Ich weiß nicht, ob ihr was passiert ist.«

Patrick kam mit dem Tablett ins Wohnzimmer und merkte sofort, welcher Natur der Anruf war. Er blieb vor ihr stehen, mit einem Blick, der gleichermaßen berufliche Neugier und private Diskretion ausdrückte. Sie sah ihn an und zuckte mit den Schultern.

»Kommt das öfter vor? Ich meine, dass sie geht und dann länger wegbleibt?«

Mats überlegte einen Augenblick. »Nein. Sie geht oft spazieren, ja, auch alleine, aber nie war sie so lange weg.«

Maike begann im Zimmer auf und ab zu gehen. Gleichzeitig lief ein Film vor ihrem inneren Auge ab, der die in Frage kommenden Szenarien durchspielte.

»Verstehe ich das richtig, sie ist alleine unterwegs?«

»Ja.«

»Sicher?«

»Ja. Nein … ich weiß es nicht.«

Deutlich hörte sie die Verzweiflung in seiner Stimme.

»Sie ist alleine losgegangen und hat nichts davon gesagt, sich mit jemandem treffen zu wollen. Wir waren zum Kaffee bei ihren Eltern eingeladen. Ina wollte das schöne Wetter genießen und vorher schnell eine Runde drehen.«

»Geht sie immer alleine?« Es erschien Maike ein bisschen seltsam, wie ein so junges Paar auf den Gedanken kommen konnte, den ersten schönen Tag des Jahres nicht gemeinsam verbringen zu wollen.

»Ja, ich bin nicht so der Wanderer«, erklärte Mats.

»Ach so. Ihr wohnt noch nicht lange da, oder? Ich meine mich zu erinnern, dass Ina sowas erzählte«, ging sie nicht weiter darauf ein.

»Stimmt. Wir sind erst letztes Jahr nach Hagen gezogen. Im August, um genau zu sein.«

»Also kennt sie die Gegend noch nicht wirklich gut«, kam Maike eine erste Ahnung. Sie selbst kannte sich in Hagen nicht aus. Lediglich dienstlich war sie ein paarmal dort gewesen und hatte die Nachbargemeinde als eher verschlafenes Nest in Erinnerung. Als ein sehr übersichtliches Nest. Sie wartete Mats` Antwort nicht ab, sondern redete weiter: »Ich mache Ihnen einen Vorschlag. Ich habe jetzt noch etwas vor, was ich ungern ausfallen lassen würde. Ich melde mich anschließend bei Ihnen. Wenn sich Ina bis dahin nicht gemeldet hat, komm ich kurz vorbei. Einverstanden?«

Sie sah zu Patrick, der zufrieden darüber wirkte, nicht auf ihr Konzert verzichten zu müssen.

»Einverstanden. Bis nachher dann. Und danke.«

Maike legte auf. Ihr Mienenspiel sprach Bände.

»Arbeit?«, wollte Patrick denn auch wissen.

Sie sah ihn an. »Hoffentlich nicht, aber ich fürchte ja.«

Neun

Die Hände tief in seinen Jackentaschen vergraben, machte sich Heinrich Ehlentrup auf den Heimweg. Als er aus der überhitzten Kneipe ins Freie trat, atmete er erst einmal tief durch. Es war frisch. Eine wohltuende Frische. Nach Hause war es nicht weit, aber es würde reichen, den Kopf wieder freizubekommen. Sie hatten sich die Köpfe heißgeredet, sich gegenseitig hochgeschaukelt. Dabei war es nicht das erste Mal und sie hatten auch nicht ernsthaft damit gerechnet, dass es vorbei wäre. Welch unsinnige Annahme. Es war nur eine Frage der Zeit gewesen, ehe es wieder soweit sein würde. Dabei lief alles nach Plan. Alles war so, wie es immer gewesen war. Viele Jahre war nichts passiert. Gerade lange genug, um Ruhe einkehren zu lassen. Eine trügerische Ruhe - für die meisten.

Er jedoch hatte gewusst, dass es wieder passieren würde, und er sollte Recht behalten.

In wenigen Tagen, vielleicht schon morgen, kämen sie wieder. All die Leute von außerhalb, die sich hier im Dorf breitmachen und Fragen stellen würden, wieder und wieder, und doch immer die gleichen Antworten bekamen.

Keiner von außen würde es erfahren und schon gar nicht verstehen. Wenn es überhaupt eine Chance gab, müssten sie es in die Hand nehmen. Auch wenn sie keine Ahnung hatten, was sie ausrichten könnten.

Ehlentrup bog um die Mauer, die die Dorfstraße von seinem Hof trennte, und erblickte das Auto, das dort nicht hingehörte. Obwohl er niemanden sah, konnte er sich denken, wer dort auf ihn wartete.

Unbeirrt ging er weiter, beachtete den Mann im Auto nicht und trat in den Windfang seines Hauses, als sich die

Tür des Wagens öffnete.

»Herr Ehlentrup«, kam die erwartete Stimme. »Ich muss Sie sprechen. Bitte.«

Heinrich Ehlentrup hielt inne, ehe er sich langsam umdrehte.

Zehn

Es war der erhoffte unterhaltsame Abend geworden. Gute Musik mit entspanntem Publikum, so liebte sie es.

Maike war gerne hier im *Rosenhof*, dem ehemaligen Kino, das jetzt als Veranstaltungsraum diente.

Die kleinen Hallen und Bühnen, die von den Veranstaltern noch mit Herzblut - und ihrer Meinung nach gutem Geschmack - bespielt wurden, gaben ihr weit mehr als diese Massenunterhaltung.

Sie hatte absolut nichts gegen Menschenansammlungen, aber diese fast schon intime Atmosphäre mit knapp zweihundert Leuten als Publikum fand sie einfach schöner.

Während sie draußen auf dem Bürgersteig auf Patrick wartete, der noch schnell für Königstiger verschwunden war, griff sie sich ihr Telefon und schaltete es ein.

Maike wählte die Nummer aus der Anrufliste und entfernte sich einige Schritte vom Eingang. Um den sich laut unterhaltenden Gruppen von Leuten zu entgehen, die aus der Halle drängten, stellte sie sich in den Eingang einer Apotheke.

Es klingelte nicht lange und Mats nahm das Gespräch an.

»Danke, dass du zurückrufst«, kam es wie aus der Pistole geschossen, ehe sie etwas sagen konnte. »Kannst du herkommen?«

* * *

»Und ihr kennt euch aus der Schule?«

Maike fuhr auf der Sutthauser Straße gerade unter der Autobahnbrücke durch und beschleunigte ihren Wagen auf der menschenleeren Ausfallstraße. Die Beleuchtung war auf Sparbetrieb gestellt, was die Straße als diffuses, halbdunkles Band erscheinen ließ.

Dankenswerterweise war Patrick bereit gewesen, sie zu begleiten. Sie wäre auch alleine gefahren, aber so war es ihr lieber. Er als Kollege konnte eine Situation ganz anders bewerten und einschätzen, als es normalen Menschen möglich war. Das konnte unter Umständen noch hilfreich werden.

»Ja. Wir waren zusammen auf der Realschule.«

»Realschule?«, fragte er erstaunt. »Du hast kein Abi?«

Sie warf ihm einen schnellen Seitenblick zu. »Ich bitte um Verzeihung, wenn ich dein Weltbild zerrütte, aber nein. Ich bin der klassische Quereinsteiger. Ich kam über den Umweg zur Akademie.«

»Achso …«

Sie ignorierte seine Bemerkung. »Wie auch immer. Wir sind zusammen abgegangen und haben uns aus den Augen verloren. Wie das halt immer so ist, jeder geht seinen Weg. Ab und an trifft man sich mal, aber sie hat wohl auch einige Zeit auswärts gewohnt. Im letzten Dezember hatten wir dann ein Klassentreffen, unser Zwanzigjähriges. Das war nach Jahren das erste richtige Wiedersehen.«

»Aha. Und ihren Mann? Kennst du den?«, fragte Patrick, der noch mit seiner Bemerkung haderte.

Sie verneinte. »Bis heute noch nicht. Ich weiß nur, dass er Zahnarzt ist.«

Der Georgsmarienhütter Ortsteil Holzhausen war um diese Zeit verwaist. Kein Auto kam ihnen entgegen, kein Fußgänger war noch unterwegs. Wohl auch deshalb bremste Maike nur unmerklich ab und fuhr stattdessen mit fast siebzig durch den Ort.

Keine zehn Minuten später waren sie in Hagen.

Noch vor der eigentlichen Ortsmitte hielten sie sich rechts und standen wenig später vor der angegebenen Adresse.

»Ein Hoch auf die Technik. Um diese Zeit kannst du nicht mal mehr jemanden nach dem Weg fragen«, meinte Maike und stellte den Wagen und das Navi ab.

Sie waren kaum ausgestiegen, als sich die Haustür öffnete und aus dem hellerleuchteten Haus ein Mann auf sie zustürmte. Schon von weitem und auf den ersten Blick sahen sie, wie mies es ihm offensichtlich ging. Sein Zustand war fast mit den Händen greifbar.

Maike und Patrick warfen sich einen schnellen Blick zu und wussten augenblicklich, dass sie das Gleiche dachten.

Mats Gebauer begrüßte sie mit unstetem Blick, sein volles Haar war nicht gekämmt und verteilte sich in alle Richtungen.

»Danke, dass du gekommen bist«, sagte er erleichtert.

Maike überhörte den Stoßseufzer und stellte sich vor.

»Schon gut. Ich bin Maike. Und das«, sie wies auf Patrick, »ist mein Kollege Bonhof.«

Falls es Mats etwas ausmachte, sie in Begleitung ihres Kollegen zu sehen, ließ er es sich nicht anmerken. »Hallo«, grüßte er Patrick mit einer flüchtigen Handbewegung und bat sie ins Haus.

Als Letzter der kleinen Gruppe betrat Patrick den Flur. Er schloss die Haustür und ließ sich etwas zurückfallen. Während Maike und Mats in der Küche verschwanden, nutzte er die kurze Zeit um einen raschen Blick durch die angrenzenden Räume zu werfen. Mit geschultem Auge überflog er die Einrichtung und suchte nach irgendwelchen Hinweisen, die im Zusammenhang mit Inas Anwesenheit standen. Alles schien normal und unauffällig. Die Einrichtung war teuer, aber nicht protzig. Die hellen Möbel standen in gewitztem Kontrast zum dunklen Bodenbelag, verliehen dem Ganzen aber eine besondere Note.

Er beendete seinen kurzen Gang durch die offenstehenden Räume, bevor er sich zu den anderen in die Küche gesellte.

Auch die Küche, so erkannte er auf den ersten Blick, verriet den gehobenen Lebensstandard des Paares. Der - in seinen Augen in diesen Kreisen obligatorische - Kaffeevollautomat dominierte die Längsseite der nicht gerade kleinen Küche.

Alles wirkte sauber und aufgeräumt, nichts deutete auf einen überstürzten Aufbruch hin. Patrick entdeckte eine Schachtel edler Schokolade, die offensichtlich das Mitbringsel für das geplante Kaffeetrinken gewesen sein sollte.

»Hat sie sich gemeldet?«, fragte Maike gerade, die sich nicht setzte, sondern in der Nähe der Tür an den Schrank lehnte.

Mats schüttelte den Kopf. »Nein, hat sie nicht, und auch sonst hat sich nichts getan. Außer …« Er zögerte.

»Außer?«, hakte Maike nach.

Mats suchte nach Worten. »Ich weiß nicht …«, fuhr er fort. »Irgendwie … kennst du den Ehlentrup?«, kam ihm offenbar die richtige Idee, wie er beginnen sollte.

»Flüchtig«, meinte Maike. »Nur vom Namen her. Wieso, was ist mit dem?«

»Als ich heute nach Ina gesucht habe, kam er dazu und erzählte so krudes Zeugs. Er rückte nicht recht raus mit der Sprache, aber er meinte, der Hüggel sei sehr tückisch. Ich nehme nicht an, dass er etwas mit dem Verschwinden zu tun hat, aber er war halt irgendwie komisch.«

Maike sah Patrick an, der am Kühlschrank stand. Dieser verstand die Aufforderung. »Was heißt komisch? Was hat er erzählt?«

»Na ja. Er meinte halt, wenn Ina zum Hüggel gegangen sei, würde sie wohl nicht wiederkommen. Es war, als wüsste er, dass ihr etwas passiert sei.«

»Du hast vorhin von 'Verschwinden' gesprochen. Wieso bist du dir sicher, dass sie nicht bei einer Freundin ist? Ina ist doch hier aus der Gegend.«

Energisch schüttelte Mats den Kopf. »Ich habe alle ihre Freundinnen abtelefoniert, keine hat sie heute auch nur gesehen.«

»Hast du die Krankenhäuser auch angerufen?«

»Die drei größten, ja. Auch nichts.«

»Sie waren bei der Polizei, wie meine Kollegin gesagt hat?«, war Patrick jetzt wieder an der Reihe.

Mats bejahte und fügte hinzu: »Sie können nichts machen. Frühestens morgen würden sie eine Suche starten.«

»Klar«, rutschte es Maike heraus, die um das gängige Procedere in solchen Fällen wusste. »Ohne Anhaltspunkte warten sie einen Tag, ehe sie etwas unternehmen.« Entschuldigend sah sie ihn an. »So ist die Vorschrift.«

»Und wenn ihr was passiert ist?«, fragte Mats ängstlich, wieder mit diesem Blick, der Angst und Verzweiflung in sich barg. »Wir können sie doch nicht da draußen lassen.«

Maike sah zu Patrick, der beinahe unmerklich die Schultern hob.

»Im stockdunklen Wald …«, sagte sie schließlich. »Was sollen wir da jetzt schon ausrichten?«

Elf

Jetzt stand er auch noch vor ihm an der Garderobe.

Roman Sellberg ging der kleine Dicke - wie er den fülligen älteren Herrn getauft hatte - schon seit vier Stunden ungeheuer auf den Keks. Unglücklicherweise hatte dieser auf dem Platz neben ihm gesessen und nicht nur den Sitz, sondern zu Romans Leidwesen auch noch die Armlehne vollständig ausgefüllt. Das alleine war schon nervig genug gewesen und hatte eigentlich genügt, um ihm den Konzertgenuss völlig zu vermiesen.

Aber wie er unentwegt geräuschvoll aufgestoßen und dabei widerlichen Mundgeruch verströmt hatte, war eindeutig zu viel für Roman gewesen. Er besaß fürwahr eine hohe Toleranzgrenze, aber auch die war mal überschritten.

Seit Wochen hatte er sich auf den Mozartabend im Staatstheater gefreut. Zu Recht, wie sich gezeigt hatte, denn es war der erhoffte Hochgenuss geworden. Aber derartige Zeitgenossen schafften es, ihm solche Erlebnisse zu verderben.

Umständlich suchte der Dicke in seinen Taschen nach der Garderobenmarke. Ungeachtet der Schlange, die sich hinter ihm versammelte, machte er gar keine Anstalten, dabei große Eile an den Tag zu legen oder gar zur Seite zu treten. Roman sah sich um und erntete ein amüsiertes Augenzwinkern seines Hintermannes. Zudem bedeutete er ihm mit einer Geste, etwas näher zu kommen. Er beugte sich vor und hörte, wie der Mann mit vorgehaltener Hand sagte: »Das kann noch dauern. Wir beide«, er wies auf den kleinen Dicken, »hatten schon beim Einlass das Vergnügen. Da war er auch vor mir. Ein Glück, dass ich den Beginn des Konzertes erleben konnte.«

Roman grinste. »Sie Ärmster. Wir zwei saßen dafür den ganzen Abend nebeneinander. Glauben Sie mir, das war auch kein Vergnügen.«

Der andere nickte wissend. »Das glaube ich Ihnen gerne.«

Endlich ging es vorwärts, augenscheinlich hatte er die Marke gefunden.

Als Roman seinen Mantel ausgehändigt bekam, blieb er etwas abseits des Tresens stehen und wartete auf seinen Gesprächspartner. Dieser kam und fragte, während er seinen Mantel überwarf: »Und, wie hat Ihnen das Konzert gefallen? Abgesehen von Ihrer Nachbarschaft«, fügte er wieder zwinkernd hinzu.

Roman lächelte milde. »Fast hätte er es geschafft, mir den Abend zu versauen. Aber eben nur fast. Gott sei Dank! Ich fand es großartig. Eine in Teilen etwas eigenwillige Interpretation, über die Wolfgang Amadeus sicherlich sein Haupt geschüttelt hätte, aber ansonsten war es ein gelungener Abend. Und selbst?«

Der andere pflichtete ihm bei. »Doch, absolut. Die Lobeshymnen haben sich nicht grundlos über den Globus verteilt.«

Er sah auf seine Uhr und verabschiedete sich eilig. »Entschuldigen Sie, aber ich habe noch einen längeren Weg vor mir.«

Sie reichten sich die Hand und Roman steuerte den Ausgang an.

Während er draußen auf ein freies Taxi wartete, wünschte er, seine Frau würde sich auch einmal dazu überreden lassen, sich diese Art der Musik anzutun. Aber hier argumentierte er gegen Wände. Für Klassik konnte sie sich einfach nicht erwärmen. Er war ja schon froh gewesen, dass sie ihn letztens zu einem Konzert dieser großartigen Pianistin, die nur zweimal in Deutschland spielte, einmal davon ausgerechnet in Hannover, begleitet hatte.

Aber Patricia war halt eher eine Freundin der Bücher. Davon konnte sie nie genug bekommen. Keine Buchhandlung war vor ihr sicher. Roman wunderte sich insgeheim über das Tempo, in dem sie noch so dicke Wälzer durchlesen konnte. Und so, wie sie dann am Telefon mit ihren Bekannten darüber sprach, musste sie diese auch wirklich verinnerlicht haben.

Er winkte sich ein Taxi heran und ließ sich auf den Rücksitz fallen. Er war froh, einen jungen Fahrer - vermutlich einen Studenten - am Steuer zu haben, dem nicht nach Reden zumute war. Schon beim Anfahren merkte Roman, dass dieser sich noch nicht den halsbrecherischen Fahrstil seiner Kollegen angeeignet hatte.

Er lehnte sich entspannt zurück und sah versonnen aus dem Fenster, während ihn der Wagen aus der belebten Stadtmitte nach Hause brachte. Leise summte er eine Melodie von Mozart vor sich hin.

Das Öffnen der Augen fällt ihr schwer. Fast scheint es ihr sogar unmöglich zu sein.

Als es Ina schließlich doch gelingt, fehlt ihr jede Orientierung. Um sie herum ist nur Dunkelheit.

In ihrem Kopf tobt ein Orkan, der diesen Eindruck noch um ein Vielfaches verstärkt.

Vorsichtig tastet sie mit den Händen ihre Umgebung ab. Sie fühlt den Untergrund, auf dem sie liegt. Er ist fest. Hart. Trocken.

Sie fühlt Stein. Sie spürt, dass sie auf der Erde liegt. Kein Bett, keine Matratze. Nur eine dünne Decke liegt unter ihr.

Erleichtert registriert sie, dass sie ihre Kleidung noch trägt.

Sie schließt wieder die Augen in der Hoffnung, so diese unsäglichen Kopfschmerzen vertreiben zu können, doch das macht es nur schlimmer. Das Pochen wird so heftig, dass sie das Gefühl hat, sie müsse sich gleich übergeben. Sie kennt das von den Migräneattacken, die sie früher immer plagten und die zum Glück der Vergangenheit angehören. Aber das hier ist schlimmer. Viel schlimmer.

Sie berührt mit dem Finger vorsichtig die Stelle am Hinterkopf, die sie als Ausgangspunkt für diese Kopfschmerzen vermutet. Tatsächlich ist da etwas. Sie ertastet eine dicke Stelle und etwas Feuchtes, was ihr sofort einen Schauer über den Körper jagt.

Sie blutet.

Sie reibt die zähe Flüssigkeit zwischen den Fingern und stellt fest, dass es nicht allzu flüssig ist. Eine angetrocknete Wunde ist nur halb so schlimm, das weiß sie von Mats.

Als sie daran denkt, wird ihr anders.

Wo ist sie?

Wo ist ihr Mann?

Was ist passiert?

Sie versucht, einen Eindruck von der Umgebung zu bekommen.

Ihre Augen, die sich doch längst an die Dunkelheit gewöhnt haben müssten, können nicht das geringste bisschen Licht erkennen. Es ist stockdunkel.

Sie schnuppert. Es riecht nicht modrig, auch nicht unangenehm. Sie vermutet, in einem Keller zu liegen. Irgendwo in einem Haus. Aber wo?

Wieder zermartert sie sich den Schädel. Sie versucht sich zu erinnern. Langsam schiebt sich die Erinnerung vor ihr inneres Auge.

Sie war spazieren.

Im Wald.

Sie erinnert sich an das Schild - Silbersee. Der See, wo sie immer schon hin wollte, seit sie das erste Mal davon gehört hat. Sie ist weitergegangen ist. Sogar die Aussicht kommt ihr wieder in den Sinn. Kurz schließt sie die Augen, als der Schmerz zu stark wird.

Als er abebbt, öffnet sie sie wieder und ist zurück auf dem Weg, als plötzlich er *vor ihr auftaucht.*

Dann ist Schluss. Hier reißt die Erinnerung ab.

Ina versucht sich aufzurichten, stützt sich mit beiden Händen ab und hebt ihren Oberkörper vorsichtig an. Sie verharrt einen Moment im Sitzen und sammelt sich. Die Kopfschmerzen lassen ein wenig nach, dafür merkt sie etwas anderes: Sie hat Durst. Unsäglichen Durst.

Jetzt erst nimmt sie ihre Zunge wahr, die in einer trockenen Höhle sitzt.

Und sie hat Hunger. Kriechend breitet er sich in ihrem Inneren aus.

Ina stöhnt.

Im Sitzen sieht sie sich wieder um, sucht wenigstens einen kleinen hellen Punkt, der ihr einen Hinweis darauf gibt, wo sie sich befindet. Vielleicht eine Tür, unter der sich ein bisschen Tageslicht hindurchschiebt. Aber es ist unverändert dunkel. Stockdunkel.

Ina merkt, wie sie zu frieren anfängt. Aber es ist nicht wegen der Kälte. Ihr ist nicht kalt.

Ina hat Angst.

Nie gekannte Angst ist es, die sie erfasst.

Teil 2

Montag

Zwölf

Von einer unruhigen Nacht zermürbt, drehte Maike sich auf die andere Seite und zog ihr Uhrenradio mit der Anzeige zu sich. Die roten Ziffern bestätigten ihre Ahnung: Es war noch nicht einmal fünf Uhr.

Sie ließ sich wieder ins Kissen fallen und stöhnte auf. Was für eine Nacht!

Durch den Besuch bei Gebauer war sie ohnehin erst spät ins Bett gekommen, nur um sich dann noch lange hin und her zu wälzen und keinen Schlaf zu finden. Andauernd ging ihr das Gespräch durch den Kopf. Die Frage, ob und was ihrer Schulfreundin passiert sein könnte, ließ ihr keine Ruhe.

Sie blieb noch einige Zeit liegen, ehe sie sich gegen einen weiteren Einschlafversuch entschied, sich mühsam erhob und ins Bad schleppte. Beim Blick in den Spiegel spielte sie wie jeden Morgen mit dem Gedanken, ihren Lauf ausfallen zu lassen, nur um ihn unverzüglich beiseitezuschieben. Auf gar keinen Fall wollte sie ihrem inneren Schweinehund diesen Triumph gönnen!

Eine erste Katzenwäsche genügte ihr, bevor sie sich die Sportsachen schnappte und für ihre Laufrunde fertigmachte. Sie hatte zwar keine Ahnung, wie sie in ihrem Zustand die Runde überstehen sollte, aber sie wollte auf diese Gewohnheit nicht verzichten.

Vom Tisch in der Küche griff sie sich ihr Telefon, das sie allein aus Sicherheitsgründen immer zum Laufen mitnahm. Dann zog sie den Schlüssel aus der Tür und trat ins Treppenhaus.

Mit immer noch schweren Beinen stand sie vor der Haustür, wo kühle Morgenluft sie empfing.

Kurz überlegte sie, welchen Weg sie nehmen sollte, dann bog sie nach links und trabte los.

Von ihrer Wohnung in der Weststadt schlug sie den Weg in Richtung Atterfeld ein. Hier war sie in wenigen Minuten raus aus der Stadt, in der um diese Zeit noch nicht viel Verkehr herrschte. An anderen Tagen waren die Massen an Autos aber durchaus in der Lage, ihr die Freude am Laufen zu trüben.

Wo sie sonst auch schon morgens auf Gleichgesinnte traf, war sie heute alleine unterwegs. Alles im weiteren Umkreis des Rubbenbruchsees war ein beliebtes Laufgebiet, was nicht zuletzt an fehlenden Alternativen in der Stadt lag. Sie war vor zwei Jahren nicht grundlos hierhergezogen.

Osnabrück war nicht gerade üppig mit Grünanlagen ausgestattet, die wenigen Parks und Anlagen galten da fast als Oasen im Großstadtdickicht.

Nach einigen Minuten lockeren Laufens wurde ihr warm. Sie erhöhte das Tempo und merkte, wie die Schwere der Nacht allmählich von ihr abfiel.

Sie joggte etwa eine Stunde, wobei sie am Ende noch einmal an Geschwindigkeit zulegte. Als sie ihre Wohnung erreichte, fühlte sie sich viel besser. Zwar hatte sie auch beim Lauf immer wieder an Inas Schicksal denken müssen, aber die Sorgen waren nicht mehr so dominant wie noch Stunden zuvor.

Auf dem Weg zur Arbeit machte sie die gleiche Feststellung wie vorhin im Forst: Es war bedeutend weniger Verkehr als üblich. Was eine Stunde doch ausmachte!

Ohne den gewöhnlichen Berufsverkehr, der sich seit der Sperrung des Neumarktes auf den umliegenden Straßen ballte, erreichte sie das Präsidium schneller als sonst. Sie bog auf den Hof des gelben Verwaltungsgebäudes ein und stellte ihren Wagen ab. Als sie auf den Eingang zuging, beneidete sie wieder die Kollegen der anderen Wache, die unlängst in einen Neubau umgezogen waren.

Ihr Polizeipräsidium hatte schon von weitem wenig Einladendes. Mit seinen großen Fensterfronten und dem hellen Anstrich war es ein Spiegel seiner Zeit. Gebaut in den Fünfzigern, war es in den letzten Jahren modernisiert worden, ohne aber etwas von dieser grauenvollen Behördenfassade einzubüßen.

Der außen gewonnene Eindruck setzte sich im Inneren fort. Lange Flure versprühten den unverkennbaren Charme, der allein Einrichtungen wie Verwaltungsgebäuden und Krankenhäusern zu Eigen war.

Kaum dass sie in ihrem Büro angekommen war und am Schreibtisch saß, griff sie zum Telefon. Sie wählte die Nummer der Inspektion in Georgsmarienhütte und meldete ihre Freundin Ina Gebauer als vermisst. Weitere Infos würden in Kürze folgen, sie sollten sich nur schon mal die Schuhe anziehen, wie sie salopp hinzufügte.

Dass sie nicht direkt bei der Wache in Hagen anrief, war zum Teil den Öffnungszeiten geschuldet. Dort öffnete der Posten erst um acht Uhr.

Das Kommissariat Georgsmarienhütte hingegen war erstens rund um die Uhr besetzt und zweitens sowieso die übergeordnete Dienststelle. Es konnte nicht schaden den Dienstweg einzuhalten, auch wenn sie hierauf nicht zwingend angewiesen war.

Als nächstes telefonierte sie mit der zentralen Polizeidirektion in Hannover und forderte die in Osnabrück stationierte Bereitschaftspolizei zur Unterstützung bei der Suche nach Ina Gebauer an.

Maike ließ den Apparat anrollen.

Als Leiterin der Stabsstelle für Sonderaufgaben bei der Polizeiinspektion Osnabrück, die direkt unterhalb der Standortleitung angesiedelt war, konnte sie das im Rahmen ihrer Befugnisse ohne weiteres tun.

Sie scherte sich nicht um die vorgesehene Frist, nach welcher sie bis zum Nachmittag hätte warten müssen. Zu naheliegend schien ihr, dass Ina irgendwas zugestoßen sein musste.

Sie informierte einen Beamten im Dezernat über ein mögliches Kapitalverbrechen und brachte eine kurze Notiz an den Dienststellenleiter auf den Weg. Der würde diese wahrscheinlich bei der Menge der ihn erreichenden Meldungen sowieso überlesen, aber so konnte er ihr hinterher - ganz gleich, welches Ereignis auch eintrat - nichts vorwerfen. Wobei sie in dem Punkt unbesorgt war. Seitdem Herzig nicht mehr auf dem Posten des Kriminaldirektors saß, verstand sie sich wieder bestens mit ihren Vorgesetzten. Liechtenstein war ein komplett anderes Kaliber, als der verhasste Vizechef es gewesen war.

Es klopfte und Patrick Bonhof steckte seinen Kopf durch die Tür.

»Guten Morgen, darf ich?«

Sie war nicht überrascht, ihren Kollegen auch schon so früh im Büro zu sehen. Vielmehr kannte sie ihn als diensteifrigen Beamten, der sich, besonders wenn es einen aktuellen Fall zu bearbeiten gab, nicht an feste Arbeitszeiten hielt.

»Morgen. Klar, komm rein!«

»Und? Schon etwas wegen gestern unternommen?«, fragte er, als er sich den Besucherstuhl zurechtrückte.

»Ja. Ich hab Ina gerade als vermisst gemeldet. Der Chef weiß auch Bescheid. Ich habe noch zwei Dinge zu erledigen, dann fahr ich rüber.«

»Wo rüber? Nach Hagen?«

»Nein, nach Hütte.«

»Gut. Wenn ich dir irgendwie helfen kann, sagst du Bescheid, ja?«

»Bescheid. Wenn du gleich Zeit hast, wirf doch mal das System an und guck nach, was du über die Gebauers und den Ehlentrup herausfinden kannst. Nur mal so.«

Patrick nickte. »Scheint ein komischer Vertreter zu sein, oder?«

»Weiß nicht. Was Mats sagte, klang ziemlich wirr. Hoffen wir mal, dass er wirklich nur komisch ist.«

»Irgendwas Bestimmtes, was dich interessiert?«

Maike schüttelte den Kopf. »Nicht direkt. Nur allgemeines Interesse meinerseits.«

»Alles klar. Wird gemacht.«

Mit diesen Worten verließ er das Büro und Maike fuhr ihren Rechner hoch.

Über das Wochenende war alles ruhig gewesen. Der Posteingang ihres Accounts verkündete keine neuen Nachrichten.

Ihr Telefon klingelte und zeigte die Nummer von Kurt Laser, Leiter des Dezernats für Kapitaldelikte, an. Überrascht nahm sie das Gespräch entgegen. »Guten Morgen, Kurt, du auch so früh hier?«

»Morgen, Maike, ja, unfreiwillig. Heute Vormittag ist wieder Sitzung und ich muss noch einiges aufbereiten. Aber dass du schon die heiligen Hallen betreten hast … wie kommt es?«

Maike schmunzelte innerlich. Sie kannte die Arbeitsabläufe in seinem Dezernat und wusste, dass die Meldung über den Fall Gebauer - und der war es mittlerweile für sie - über kurz oder lang auf seinem Schreibtisch landen würde.

Wenn sie gewusst hätte, dass er schon im Büro war, hätte sie direkt ihn angerufen.

»Frag nicht so scheinheilig. Ich hab euch Arbeit auf den Tisch gelegt. Eine frühere Schulfreundin ist seit gestern verschwunden. Ich wollte dich nicht übergehen, aber ich habe noch nicht mit dir gerechnet.«

»Schon in Ordnung. Du kennst sie, die Gebauer? Scheiße … und du glaubst, ihr ist etwas zugestoßen?«

»Ich gehe davon aus, ja. Ich habe gestern mit ihrem Mann gesprochen. Es deutet nichts darauf hin, dass sie freiwillig irgendwo übernachtet hat.«

»Verstehe. Hast du schon mit dem Chef gesprochen? Sind wir offiziell im Boot? Soll ich übernehmen?«

Maike schloss kurz die Augen und schickte ein Stoßgebet gen Himmel.

So kannte und liebte sie ihren Kurt. Er konnte den Schreibtisch noch so voller Arbeit haben, seine Hilfsbereitschaft war jederzeit ungebrochen. Es tat gut, so einen Kollegen an ihrer Seite zu wissen.

»Noch nicht. Ich habe Liechtenstein informiert, aber noch keine Antwort bekommen. Ich habe mich in Georgsmarienhütte angemeldet und fahre gleich rüber. Wenn das Ganze angelaufen ist, gebe ich dir Bescheid.«

»Okay, mach das. Wenn ich helfen kann, lass es mich wissen.«

»Danke. Ich melde mich.«

Sie wollte gerade auflegen, als ihr etwas einfiel: »Ach, Kurt?«

»Ja?«

»Vielleicht kannst du doch etwas für mich tun. Wenn du den Kollegen Bonhof über hast, würde ich ihn gerne mitnehmen.«

Sie hörte Laser schmunzeln. »Patrick ... so, so.«

»Hallo? Was soll das denn heißen?«

»War nur Spaß«, antwortete er. »Ich habe ihn über. Ich teile ihn dir zu.«

»Das ist nett von dir. Er ist sowieso schon mit von der Partie. Eigentlich ...«

»Eigentlich?«

»Wir waren gestern unterwegs.«

Diese Info konnte sie ihm ruhigen Gewissens geben. Bei ihm war sie sich sicher, er würde es nicht an die große Glocke hängen. So unverfänglich das Treffen mit Patrick auch war, so ungern hätte sie es, wenn es die Runde im Präsidium machen würde. Es wurde ihrer Meinung nach eh schon zu viel getratscht, was Patrick im Übrigen gestern sehr eindrücklich bestätigt hatte.

»Anschließend sind wir zusammen zu Gebauer gefahren. Insofern ist er schon voll im Thema.«

»Ach so. Wie gesagt, ich kommandiere ihn in dein Büro. Leg los und halte mich auf dem Laufenden.«

»Abgemacht!«

Maike überflog ihren Schreibtisch und überlegte, ob sie etwas vergessen hatte. Im Moment fiel ihr nichts ein. Dafür war ihr jetzt nach einem Tee.

Sie holte einen Teebeutel aus der Schublade und ging in die Küche. Sie kannte Patrick. Es würde nicht lange dauern, bis er wieder bei ihr auf der Matte stehen würde. Zum einen mit dem Ergebnis seiner Recherche über die Gebauers und Ehlentrup, zum anderen als ihr neuer offizieller Assistent aus der Mordkommission.

Sie war dankbar über die Unterstützung. Es wäre ihr ein Leichtes gewesen, kraft ihrer Funktion den Einsatz nur anzustoßen, um dann nach Lust und Laune nach dem Rechten zu sehen. Aber so hatte sie nie gearbeitet und beabsichtigte es auch nicht zu tun.

Sie erinnerte sich an die Zeit, als sie neu bei der Polizei gewesen war. Mit beiden Extremen hatte sie damals zu tun gehabt. Sie wusste, was es hieß, unter einem Choleriker zu arbeiten, aber auch, wie es sich mit einem hilfsbereiten, freundlichen Vorgesetzten verhielt. Seinerzeit schwor sie sich, sollte sie einmal zu den Häuptlingen gehören, würde sie nie zu ersteren gehören.

Ihr früherer Chef hatte ihr einmal seine Philosophie in einem Satz zusammengefasst: »*Was*«, so meinte er, »*wenn der Häuptling zum Angriff bläst und die Indianer bleiben sitzen*?« Treffender konnte man es kaum ausdrücken.

Jetzt, wo sie in der Position war, hielt sie sich an diese Maxime.

Seit sie vor einigen Jahren die Leitung der Stabsstelle übernommen hatte, achtete sie tunlichst auf den berühmten Kontakt zur Basis. Ohne die Kollegen in den Wachen war auch sie aufgeschmissen. Es ging nur miteinander, so ihre feste Überzeugung.

Sie betrat die kleine Teeküche und setzte das Wasser auf. Bevor es an die Arbeit ging, konnte eine Tasse Tee nicht schaden, allein, um ihre Gedanken auf die Reihe zu kriegen.

Während der Wasserkocher arbeitete, dachte sie an Ina.

Dreizehn

Noch auf dem Flur hörte Maike ihr Telefon klingeln. Dem Klang nach war es ein Gespräch von außerhalb der Dienststelle. Sie stellte die Tasse ab und warf einen Blick auf die Anzeige. Die Polizei in Georgsmarienhütte. Im Stehen hob sie den Hörer ab. Es ging los.

»Wasmuth.«

»Wolbeck, guten Morgen, Frau Kollegin.«

Der Leiter des Kommissariats begrüßte sie fröhlich.

Sie kannte ihn nur flüchtig, er war erst seit gut zwei Jahren im Dienst und seit der Zeit hatte sich nichts ereignet, was eine Zusammenarbeit erforderlich gemacht hätte. Trotzdem war sein Ruf bis zu ihr durchgedrungen. Er galt als entschlossener Macher, kompromisslos in seiner Führungsstärke. Weisungen von außen waren dagegen nicht so sein Ding. Man munkelte obendrein, dass er erst recht mit denen seine Schwierigkeiten hatte, die von einer Frau kamen. Von ihm war der Ausspruch überliefert, Frauen bei der Polizei sollten entweder putzen oder Schreibdienst versehen. Allerdings war sich Maike nicht sicher, ob ihm das nur unterstellt wurde. Sie würde heute noch Gelegenheit haben, sich selbst ein Bild zu machen.

»Meine Kollegen haben mich über Ihren Anruf unterrichtet. Die Woche fängt ja gut an“, meinte er lakonisch. „Ist es richtig, Sie rücken mit dem großen Besteck an?«

Maike versuchte aus dem Tonfall zu deuten, wie Wolbeck seine Frage meinte. Die Weisung an die Kollegen vor Ort war eindeutig gewesen: Vermisste Person mit Verdacht auf Kapitalverbrechen. Da gab es normalerweise nichts zu diskutieren. Das bedeutete immer volles Programm, wozu Suchhunde, eine Hundertschaft und gegebenenfalls auch

Hubschrauber gehörten, je nach Geländebeschaffenheit.

Wenn er jetzt auf dumm tat, könnte das ein Hinweis sein, dass er tatsächlich ein Problem mit ihrer Führungsposition hatte.

»So ist es. Das ganz große. Wir haben allen Grund zu der Annahme, es mit einem Kapitalverbrechen zu tun zu haben. Ina Gebauer wird seit gestern Mittag vermisst. Ich gehe nicht von einem freiwilligen Wegbleiben aus. Was glauben Sie, dort mit zwei Funkwagenbesatzungen ausrichten zu können?«

Sie klang schnippischer als beabsichtigt, aber Maike war entschlossen, schon zu diesem Zeitpunkt ihre Duftmarke zu setzen. Scheinbar traf sie ins Schwarze, denn die Antwort von Wolbeck ließ einige Zeit auf sich warten.

»Nicht viel. Allerdings gebe ich zu bedenken, bisher nicht einmal eine Vermisstenanzeige vorliegen zu haben …«

»Weil Sie Herrn Gebauer wieder nach Hause geschickt haben«, unterbrach sie ihn, nur um diesen Satz augenblicklich zu bereuen. Schließlich hatten sich die Kollegen vor Ort vollkommen richtig verhalten und gemäß der Dienstanweisung gehandelt. Da war es nicht nötig, unnötig Öl ins Feuer zu gießen. Also baute sie eine Brücke. »Was natürlich vollkommen richtig war, aber es wäre schon schöner gewesen, wenn Ihre Leute ein wenig mehr Fingerspitzengefühl an den Tag gelegt hätten. Wir beide wissen doch, wie sich Menschen in Ausnahmesituationen verhalten.«

»Sicher.« Wolbeck gab sich verständnisvoll. »Ich schlage eine Lagebesprechung um elf vor. Ist das für Sie okay?«

»Elf Uhr geht in Ordnung. Wir werden da sein und ich freue mich, dann Ihre Bekanntschaft zu machen.«

Das war vielleicht ein bisschen zu dick aufgetragen, aber

Wolbeck ließ sich nichts anmerken.

»Gleichfalls. Bis später dann.«

»Auf Wiedersehen.«

Maike atmete tief durch. Das versprach lustig zu werden. Schon in dem kurzen Gespräch sah sie vieles von dem bestätigt, was sie über Wolbeck gehört hatte. Also hieß es, auf Nummer sicher zu gehen. Da sie von ganz oben noch keine Rückmeldung erwarten konnte, musste Laser ihr Rückendeckung geben. Bevor sie nachher aufbrach, würde sie bei ihm im Büro vorbeischauen. Besser er redete mit Wolbeck - von Mann zu Mann. Das würde ihre Position nur stärken. Ihr war nicht nach unnötigem Kompetenzgerangel.

Sie trank einen Schluck Tee, als es klopfte. Bonhof betrat das Büro und hielt grinsend einen Zettel in der Hand.

»Gestatten, Bonhof. Ich bin Ihr neuer Assistent.«

»Angenehm, Wasmuth. Das ist aber fein, Sie hier in meinen bescheidenen Räumlichkeiten begrüßen zu dürfen.«

Er setzte sich wie vorhin auf den Besucherstuhl.

»Hast du etwa schon was herausgefunden?«

»Ja und nein. Fangen wir mit Ehlentrup an. Wenn Strippenzieher zu sein kein Straftatbestand ist, ist er absolut unauffällig. Nicht einmal falsch geparkt hat er. Nicht die kleinste Ordnungswidrigkeit hat er vorzuweisen.«

Er legte ihr einen Auskunftsbogen hin, den sie kurz überflog.

»War klar«, murmelte sie. »Was meinst du mit Strippenzieher?«

»Heinrich Ehlentrup ist einer der größten Bauern im Ort und gilt als der Pate von Hagen«, führte Patrick aus. »Er ist nicht nur schwerreich, er hat zudem beste Kontakte in die Lokalpolitik. Kaum ein Verein, dem er nicht schon großzügig unter die Arme gegriffen hätte. Manche Einrichtung gibt es überhaupt nur noch, weil er sie am Laufen hält.«

»Verstehe. Aber nach dem, was uns Mats gestern erzählt hat, möchte ich mich trotzdem mal mit ihm unterhalten. Wir haben um elf einen Termin in Hütte. Lagebesprechung. Anschließend fahren wir mal auf einen Kaffee bei ihm vorbei.«

»Einverstanden. Apropos Kaffee, da habe ich jetzt Bock drauf.« Mit einem schnellen Satz sprang er auf. »Soll ich dir einen mitbringen?«

Sie hielt ihm ihre Tasse hin. »Danke, ich hab noch. Lauf aber nicht weg, es gibt zu tun.«

»Ja, Chefin.«

»Ach, Patrick?«

Bonhof hielt in der Bewegung inne. »Ja?«

»Wie ist das mit Gebauers? Hast du da was rausbekommen?«

Er verneinte. »Nichts. Beide unauffällig. Er ist Zahnarzt in einer großen Praxis am Westerberg und kann vor Geld wohl kaum laufen, sie ist Angestellte beim Landkreis. Halbtags.

Keine Vorstrafen, keine Anzeigen. Häuschen im Grünen, Mitglied im Tennisclub, das Übliche halt.«

Sie musste schmunzeln. »Also eine Ehe wie aus dem Bilderbuch. Okay, danke.«

Vierzehn

Zumindest in einem Punkt war Maike positiv überrascht: in Sachen Führungsstärke war Klaus Wolbeck in der Tat über jeden Zweifel erhaben. Wie er die Besprechung geleitet hatte, zeugte von hoher fachlicher Kompetenz. Es war nicht zu übersehen, dass er die Wache im Griff hatte.

Schneller als erwartet, verteilte sich die Mannschaft wieder und ging den ihnen zugewiesenen Aufgaben nach.

Allzu viel gab es freilich nicht zu tun, die Einsatzleitung lag formell bei ihr oder - was den Einsatz in Hagen anbelangte - beim Leiter der Bereitschaftspolizei, zumal die Personalstärke des Kommissariats nicht sehr groß war.

Maike war auch im Begriff zu gehen, als Wolbeck sie ansprach.

»Ach, Frau Wasmuth, wenn Sie noch einen Moment haben?«

»Klar.«

»Ich warte draußen«, sagte Bonhof und ließ sie allein.

Während Patrick den Raum verließ, richtete sich Maike innerlich auf ein Gefecht ein. Im Laufe der Besprechung hatte sich Wolbeck loyal und kollegial gezeigt, jetzt rechnete sie mit dem anderen Ich. Sie nahm an, dass er über ihre eigenmächtige Entscheidung den Einsatz anzustoßen, nicht glücklich war, um es freundlich auszudrücken. Doch das war es nicht, weshalb er sie sprechen wollte.

»Wissen Sie, eine Frage interessiert mich. Ich frage mich den ganzen Morgen, wie es sein kann, dass Sie gestern Abend schon mit Herrn Gebauer gesprochen haben?«

Wasmuth suchte in seinem Blick nach dem Sinn dieser Frage. Natürlich war sie berechtigt, aber sie konnte zweierlei bedeuten: er wollte ausloten, ob sich Gebauer auch in Osnabrück gemeldet und womöglich über seine Dienststelle beschwert hatte, oder er ging tatsächlich von einer persönlichen Bekanntschaft zwischen ihnen aus. Letztere Möglichkeit schloss sie freilich aus, das konnte er unmöglich wissen. Vielmehr fragte sie sich, ob es für die weiteren Ermittlungen einen Unterschied machte, wenn sie ihm von der gemeinsamen Schulzeit mit der Vermissten erzählte.

Sie entschloss sich für ein offenes Visier. Es gab nichts, was dagegen sprach.

»Ich bin mit Ina Gebauer zur Schule gegangen. Über diese Verbindung kam der Kontakt mit ihrem Mann gestern zustande. Er wusste nicht mehr weiter und suchte Rat. Da hat er sich an mich gewandt und gefragt, ob ich ihm irgendwie helfen kann.«

»Guck an, die Welt ist doch ein Dorf, oder?« Wolbeck grinste süffisant. »Welchen Eindruck hat er auf Sie gemacht?«

Sie wusste, worauf er hinauswollte. Nach Laser und Bonhof war er der Dritte, der Mats Gebauer nicht nur als Ehemann sah, der seine Frau vermisste. Sie selbst stellte sich die Frage seit dem ersten Zusammentreffen gestern Abend andauernd. Natürlich lag es nahe, er könnte etwas mit dem Verschwinden zu tun haben, aber weder sie noch Patrick glaubten in ihm einen Schauspieler zu sehen. Seine Verzweiflung wirkte nicht aufgesetzt. Normalerweise konnte sie sich auf ihren Instinkt in diesen Dingen verlassen.

»Er war ordentlich durcheinander, wie man sich denken kann. Aber auf mich wirkte Herr Gebauer glaubhaft, verzweifelt und fahrig.«

Wolbeck nickte. »Das deckt sich, soweit ich weiß, mit den Aussagen meiner Kollegen hier auf der Wache. Trotzdem genießt er zunächst unsere volle Aufmerksamkeit, wenn Sie verstehen, was ich meine.«

»Vollkommen.«

»Sehr schön.«

Maike schob den Stuhl zurück und war im Begriff aufzustehen, als Wolbeck sie noch einmal zurückhielt.

»Und da ist noch etwas, Frau Kollegin …«

»Ja?«

»Hatten Sie schon einmal dienstlich in Hagen zu tun?«

Sie sah ihn irritiert an. Worauf wollte er denn jetzt hinaus?

»Ja, aber es ist einige Zeit her. Wieso fragen Sie?«

»Weil ich Ihnen einen guten Rat mit auf den Weg geben möchte. Die Menschen, vor allem die Alten im Dorf, sind etwas …«, er suchte nach den richtigen Worten, »… sonderbar. Man kommt schwer an sie heran.«

»Und?« Er sprach in Rätseln. Dass die Menschen in den Gemeinden des Landkreises anders tickten als in der Stadt, war für sie nichts Neues. Das erlebte sie bei allen Einsätzen, die sie in das Umland führten.

»Nun, Sie erwähnten vorhin den Namen Ehlentrup im Zusammenhang mit Herrn Gebauer.«

»Ein Zeuge, richtig. Was ist mit ihm?«

»Er *ist* einer von den Sonderbaren. Daran sollten Sie denken, wenn Sie mit ihm sprechen.«

Wolbeck setzte sein breitestes Lächeln auf, was auf Maike seltsam schmierig wirkte und so gar nicht zu dem adretten Mann passte, der ihr gegenübersaß.

»Sonderbare Menschen sind mein Spezialgebiet. Aber danke für den Hinweis.«

Sie nahm ihre Unterlagen und verließ ratlos den Raum.

* * *

Nach der Besprechung machten sich Maike und Patrick auf den Weg nach Hagen, um vor Ort ein Bild der Lage zu gewinnen.

»Schneidiger Typ, dieser Wolbeck«, meinte Patrick. »Was hältst du von ihm?«

»Schwer zu sagen. Er scheint wirklich der Macher zu sein, als der er gilt. Seinen Laden hat er im Griff, das ist augenscheinlich.«

»Und sonst?«

»Wie, und sonst?«

»Vielleicht ist schneidig nicht der richtige Ausdruck. Für mich wandelt er haarscharf an der Grenze zur Arroganz.«

»Kann auch sein. Seine Art halte ich aber in erster Linie für Führungsstärke. Klar und präzise, immer auf den Punkt. Vielleicht brauchen die das so.«

Sie warf ihm einen vielsagenden Blick zu. »Ausgehen möchte ich mit ihm aber auch nicht, da gebe ich dir schon Recht.«

Sie wandte sich wieder der kurvenreichen Hüttenstraße zu, auf der sie wiederum schneller als zulässig unterwegs war. In einiger Entfernung vor ihnen tauchten die ersten Häuser von Hagen auf. Jetzt erst nahm sie den Fuß vom Gas und ließ den Wagen ausrollen.

»Fand er es nicht komisch«, interessierte es Patrick, »dass wir mit einem Tatverdächtigen schon Kontakt gehabt haben?«

»Es hat ihn natürlich gewundert, das ist ja klar. Immerhin wusste ich von dem Gespräch gestern auf der Wache. Ich habe ihm aber gesagt, wie es dazu gekommen ist und wieso Mats mich überhaupt angerufen hat. Das fehlte noch, mir da jetzt einen Strick draus zu drehen.«

»Keinen Strick, aber das ist alles ja schon ein merkwürdiger Zufall. Findest du nicht?«

»Doch, klar«, gab sie zu. »Aber so ist das nun mal. Manche Fälle fallen einem eben buchstäblich vor die Füße.«

Sie ließen das neue Einkaufszentrum links liegen und kurvten durch die drei Kreisverkehre im Ortskern.

»Junge, Junge«, war Patrick erstaunt, »hier hat sich aber einer ausgetobt. Mehr Kreisel gehen wohl nicht.«

»Nicht wahr? Hier sind auf ein paar hundert Metern mehr Kreisverkehre als in ganz Hamburg, oder?«, meinte sie grinsend.

Nach dem dritten Kreisel fuhren sie noch ein Stück weiter die Hauptstraße entlang, bevor sie nach rechts abbogen. Ein Schild wollte nur Anlieger durchlassen.

»Oho«, raunte Patrick. »Der Herr möchte keinen Durchgangsverkehr.«

»Als ob hier Massen an Autos durchfahren würden«, meinte Maike verächtlich. »Hier ist doch weit und breit nichts. Wer hier abbiegt, will doch zu Ehlenbrup.«

»Ehlentrup.«

»Hä?«

»Der Mann heißt Ehlentrup, nicht Ehlenbrup«, korrigierte Patrick sie.

»Auch gut.«

»Du hast mir noch gar nicht erzählt, was du eigentlich von ihm willst. Du glaubst doch nicht, nur weil er Gebauer so krudes Zeugs erzählt hat, ist er am Verschwinden von Ina beteiligt?«

Maike warf ihm einen schnellen Blick zu. »Das hat doch niemand gesagt. Ich will ihn mir einfach mal angucken, mehr nicht.«

Patrick griente. »Halt mich nicht für blöd. Du bist nicht

ohne Grund auf ihn scharf. Wieso solltest du sonst mit ihm sprechen wollen, anstatt zum Hüggel zu fahren?«

»Ganz einfach: weil dort nichts für uns zu tun ist. Oder willst du dich mit den Leuten von der Hundestaffel anlegen, weil du ihnen vor der Nase herumtrampelst?«

»Nein, danke.«

»Siehst du, ich auch nicht. Mats haben die aus Hütte schon in den Fingern, also können wir uns um Ehlentrup kümmern. Anschließend schauen wir uns dann mal im Hüggel um. Vielleicht haben die bis dahin ja auch schon was gefunden.«

Fünfzehn

Heinrich Ehlentrup sah sie schon von weitem kommen. Zwischen der Scheune und dem Wirtschaftsgebäude hindurch hatte er einen freien Blick über die Felder, an denen alle vorbei mussten, die zu ihm und seinem Hof wollten.

Er blickte nach oben und suchte die Sonne. So wie sie jetzt stand, war es ungefähr Mittag. Er hatte damit gerechnet, dass sie bald bei ihm auftauchen würden, aber so früh überraschte es ihn doch.

Es dauerte nicht lange und der Wagen bog langsam auf den Hof ein. Das Auto kam aus Osnabrück, was der einzelne Buchstabe in der Kennzeichenkombination verriet. Und am Steuer auch noch eine Frau.

Das hatte ihm noch gefehlt - eine Auswärtige. Die waren eh schon besonders und weibliche Polizisten mochte er ohnehin nicht. Sie ließen nie locker, gaben nie Ruhe. Das konnte er auf den Tod nicht leiden.

Der Wagen suchte sich einen Parkplatz und hielt vor dem offenen Unterstand, in dem Anhänger und landwirtschaftliches Gerät standen.

Mit schlurfenden Schritten ging er über das Kopfsteinpflaster des Hofes dem schwarzen Golf entgegen. Noch ehe die Insassen ausgestiegen waren, kam sein Hund laut bellend hinzugestürmt. Ehlentrup sagte kein Wort, sondern streckte nur einen Arm aus. Sofort machte das Tier neben ihm Sitz.

Die Türen öffneten sich und die Frau kam auf ihn zu. Entschlossenes Auftreten, auch das erkannte er sofort. Ihr Alter konnte er nicht einschätzen, das war bei Frauen immer so eine Sache.

Der Mann war auf jeden Fall jünger und hatte weniger zu

sagen, denn er blieb ein wenig hinter ihr zurück.

»Guten Tag, mein Name ist Wasmuth, Kriminalpolizei Osnabrück. Haben Sie einen Augenblick Zeit für uns, Herr Ehlentrup?«

»Hm«, brummte Ehlentrup und sah sie abschätzig an.

»Mein Kollege Bonhof.« Sie wies auf Patrick, der mit einem Nicken grüßte. Ehlentrup antwortete mit der gleichen Geste.

»Seit gestern wird eine Frau aus Hagen vermisst. Ina Gebauer.«

Maike sagte nichts weiter und achtete auf Ehlentrups Reaktion. Der verzog keine Miene.

Mit der Mütze auf dem Kopf starrte er sie nur unentwegt an.

»Sie haben gestern ihren Mann getroffen, ist das richtig?«

Wieder brummte der Alte.

»Können Sie uns etwas über das Verschwinden von Frau Gebauer sagen?«

Ehlentrup sah sie lange an. Schließlich schob er seine Schiebermütze leicht zurück.

»Ich hab se nich.«

Maike ließ sich nicht anmerken, wie sie diese offenbar witzig gemeinte Bemerkung fand. Patrick jedoch musste bei aller Ernsthaftigkeit der Lage grinsen. Er kam einen Schritt nach vorne und stand jetzt direkt neben Maike.

»Sie werden es nicht glauben, aber das haben wir uns fast gedacht. Haben Sie denn eine Ahnung, wo sie sich aufhalten könnte?«

Das erste Mal zeigte sich eine Reaktion in seinem Gesicht.

»Was weiß ich?« Er zuckte mit den Schultern. »Wie Frauen nun mal so sind. Überall treiben sie sich rum und halten Maulaffen feil.«

»Klar«, beeilte sich Patrick ihm beizupflichten, ehe Maike irgendetwas sagen konnte. »Aber wieso haben Sie denn gegenüber Herrn Gebauer die Vermutung geäußert, seine Frau käme nicht wieder, als Sie ihn gestern getroffen haben?«

Der Bauer zuckte wieder mit den Schultern. »Nur so.«

Wasmuth warf Bonhof einen Blick zu, der keine Fragen offenließ. Hier kamen sie nicht weiter und sie hatte zunächst genug gesehen und gehört.

Trotzdem unternahm sie einen letzten Versuch, mit ihm ins Gespräch zu kommen.

»Was genau meinen Sie damit, der Hüggel sei tückisch?«

Wieder musterte sie der Alte lange. »Sie kennen den Hüggel nicht, oder?

Maike verneinte. »Nein, noch nicht.«

Ehlentrup schnaubte verächtlich. »Sehen Sie, sonst wüssten Sie es.«

Obwohl ihr die passende Antwort auf der Zunge lag, schluckte sie sie hinunter.

»Danke«, sagte sie stattdessen nur zu ihm und war im Begriff zum Wagen zurückzukehren, als sie sich noch einmal umdrehte und zu Ehlentrup ging. Patrick stand am Wagen und konnte trotz Anstrengung kein Wort verstehen.

»Ach, eine Sache noch, Herr Ehlentrup.«

Mürrisch sah er sie an.

»Für unseren nächsten Besuch überlegen Sie sich doch mal eine gute Erklärung, wieso Sie sich ausgerechnet gestern Nachmittag bei Gebauers in der Siedlung rumgetrieben haben. Einen schönen Tag noch.«

Jetzt ließ sie ihn stehen und ging zu ihrem Wagen.

»Was wolltest du noch von ihm?«, fragte Patrick, als sie im Auto saßen.

Sie sah den Bauern durch den Rückspiegel an. »Wir haben doch vorhin über Zufälle gesprochen. Ich frage mich, was Ehlentrup gestern in der Siedlung von Ina gewollt hat. Das sind immerhin einige Kilometer zu laufen von hier aus. Kam er dafür nicht wie auf Stichwort um die Ecke?«

Patrick pfiff durch die Zähne. »Chefin, Sie werden mir unheimlich.«

Sechzehn

Schon auf der Anfahrt wurden sie Zeuge des Großaufgebots, welches sich hier im Teutoburger Wald an der Suche nach Ina beteiligte. Und nur darum ging es. Bis jetzt weigerte sich Maike, es als ein Verbrechen zu bezeichnen, wenngleich vieles dafürsprach.

Unzählige Mannschaftswagen der Bereitschaftspolizei, Fahrzeuge der Hundestaffel und sogar die ersten Einheiten des Technischen Hilfswerkes kamen ihnen entgegen oder parkten entlang des Weges auf den Feldern. In einiger Entfernung hörten sie das Knattern eines Hubschraubers, der die Hänge des Höhenzugs überflog.

Sie parkten weit außerhalb des mit rotweißem Flatterband abgesperrten Weges, der in den Wald führte, und gingen den Rest zu Fuß. Vereinzelt sahen sie Polizisten, die sich durch das Unterholz kämpften.

Sie duckten sich unter dem Band hindurch und gingen auf dem Hauptweg entlang. Nach einigen hundert Metern stießen sie auf eine größere Gruppe Polizisten, aus der sich einer löste und auf sie zukam. Das Gesicht kam ihr bekannt vor, nur der Name war ihr entfallen.

Unaufgefordert hielten sie ihm ihre Dienstausweise entgegen.

»Guten Tag. Maike Wasmuth, das ist mein Kollege Patrick Bonhof. Kripo Osnabrück.«

»Moin. Paul Elbing. Leiter der Hundertschaft Osnabrück.«

»Mahlzeit. Ich kenn Sie doch von irgendwoher. Meinen Sie, ich komm da grad drauf?«, fragte sie gerade heraus.

»Keine Ahnung. Vielleicht von der Aktion im letzten Frühjahr? Wir haben doch die Gruppe gesucht, die es tatsächlich geschafft hat, sich am Piesberg zu verlaufen.«

»Stimmt«, rief sie aus. »Wusste ich es doch. Und, haben Sie hier schon etwas gefunden?«

Er schüttelte den Kopf. »Leider nicht. Die Hundeführer sind in Richtung Kamm vorausgegangen, aber auch dort bisher Fehlanzeige.«

»Schade«, meinte Maike. »Wäre zu schön gewesen.«

»Denk ich mir. Aber wir gehen eh davon aus, hier nichts zu finden und tiefer suchen zu müssen.«

»Tiefer?«, fragte Patrick. »Wieso tiefer?«

Der Blick von Elbing verriet das Erstaunen über die Unwissenheit seines Kollegen.

»Ihr seid nicht von hier, oder?«

Maike blickte zur Seite und musste sich sehr zusammenreißen, um nicht aufzubrausen. Wenn sie das heute noch ein Einziger fragen würde, konnte sie für nichts garantieren.

»Zum Glück nicht«, warf Patrick ein. »Hier möchte ich nicht tot über dem Zaun hängen. Wieso fragst du?«

»Das hier ist altes Bergbaugebiet.«

»Ach was?«, entfuhr es Patrick überrascht. »Und?«

»Hier im Hüggel wurde früher Silber und Erz abgebaut. Überall gibt es unzählige Stollen und Schächte. Da unten«, er wies mit dem Arm nach links, »am Silbersee sind schon häufiger mal welche abgestürzt. Es wäre also nicht das erste Mal, dass sich hier jemand den Hals bricht.«

»Deshalb also Silberberg«, meinte Maike leise, die sich wieder gefangen hatte.

»Genau. Wobei der da drüben liegt, auf der anderen Seite.«

»Und hier gibt es einen See?«, wurde sie hellhörig. »Wart ihr da schon?«

Elbing lächelte gequält. »Keinen See. Das ist ein ehemaliger See, der lange ausgetrocknet ist. Die Leute nennen ihn nur bis heute so. Dort waren wir als erstes.«

»Ja und wie jetzt?«, bohrte Patrick weiter. »Hier sind schon welche abgestürzt? Wie viele? Wann zuletzt?«

»Das weiß ich nicht. Aber ich habe von den Kollegen aus Hagen gehört, dass sie schon mehrere aufgelesen haben. An und für sich ist der Weg gesichert und die Schilder sind auch nicht zu übersehen, aber ihr kennt das ja. Gerade das Verbotene hat seinen besonderen Reiz. Dann lehnt man sich ein bisschen zu weit über das Geländer oder geht zu nahe an den Rand und Schwupps, war es das. Es würde mich nicht wundern, wenn auch die Gebauer einfach abgestürzt ist.«

»Chef?«, rief einer von hinten und winkte Elbing.

»Entschuldigt mich bitte. Ja?«

Er drehte sich um eilte zu seinen Männern.

Wasmuth stemmte ihre Arme in die Seite und schüttelte den Kopf. »Schöne Scheiße. Hast du das gewusst?«

»Was? Mit dem Bergbau? Bist du blöd? Natürlich nicht. Ich bin hier noch nie gewesen.«

Maike bekam sich nur schwer wieder ein. »Da segeln hier ständig Leute runter und ich setze Himmel und Hölle in Bewegung, weil ich sonst was annehme. Und keiner, aber auch keiner sagt mal irgendwas.« Wütend ging sie einige Schritte hin und her.

»Nun bleib mal ruhig«, versuchte Patrick sie zu beruhigen. »Du hast sie lediglich als vermisst gemeldet, was jeder andere auch getan hätte. Scheinbar wusste auch Wolbeck nichts von dieser Tatsache, sonst hätte er ja wohl etwas gesagt.«

»Oder er klopft sich jetzt noch vor Lachen auf die Schenkel, weil die doofe Tussi aus der Stadt sich nicht in ihrem

Bezirk auskennt.

»Quatsch. Für ihn wird das einfach keine Rolle gespielt haben.«

Gerade wollte sie noch etwas nachsetzen, als Elbing sie zu sich rief. »Könnt ihr mal herkommen, wir haben da was!«

Siebzehn

Wütend warf Roman Sellberg die Tür hinter sich ins Schloss. Er schmiss die Aktenmappe auf den Schreibtisch und griff sich seine Kaffeetasse. Angewidert trank er den letzten Schluck des kalten Getränks, dann ging er nach nebenan, um sich neuen zu holen.

»Ich sag euch«, meinte er zu den anwesenden Kollegen. »Wenn das so weitergeht, brauche ich entweder eine Standleitung zu Tchibo, oder ich werde zum Mörder.«

Er schenkte sich frischen Kaffee ein und nahm einen tiefen Schluck. An den Aktenschrank gelehnt, sah er in gespannte Gesichter.

»Ich bin es leid, mir ständig von Amateuren anhören zu müssen, wie wir unsere Arbeit zu machen haben. Dieses ständige Diskutieren über Einsparpotenziale und Effizienzsteigerung geht mir so richtig auf den Keks.«

Einige schmunzelten, andere offenbarten Zustimmung.

Roman redete sich in Rage. »Da sitzen einem Leute gegenüber, die noch nie auch nur einen Tag unseren Job gemacht haben, und wollen mir erzählen, wie wir genau diesen zu erledigen haben. Wenn das nicht schizophren ist, was dann?«

»War es so schlimm?«, wagte einer die vorsichtige Frage.

»Nicht schlimmer als sonst, aber es wird halt auch nicht besser. Die verwalten und organisieren sich noch zu Tode. Das ist es, was frustet. Man tritt einfach auf der Stelle.«

Er winkte ab. »Na ja. Was musste ich mir auch die Leitung der Abteilung ans Bein bindenlassen? War irgendetwas?« fragte er in die Runde.

Alle schüttelten den Kopf.

»Gut, dann weitermachen.«

Er ging zurück in sein Büro und stellte die Tasse auf den Schreibtisch.

Den ersten Ärger über die in seinen Augen sinnlose Konferenz hatte er im Nachbarbüro loswerden können. Ein probates Mittel, um Magengeschwüren vorzubeugen.

Als Leiter der Operativen Fallanalyse ließ es sich leider nicht vermeiden, an solchen Veranstaltungen teilzunehmen. Ob es ihm passte oder nicht. Dabei wusste er genau, wie solche Sitzungen abliefen.

Heute war große Runde gewesen. Alle Abteilungsleiter des Landeskriminalamtes mussten teilnehmen, um sich die neuen Vorgaben und Wünsche des Innenministeriums anzuhören. Selbst wenn die Veranstaltung als Besprechung angekündigt wurde, war es doch wieder nur ein Monolog gewesen. Wie hätte es auch anders sein können?

Die Führung des Amtes muckte nicht mehr auf, seit sie der Innenminister persönlich vor laufender Kamera auf einer Pressekonferenz abgekanzelt hatte und seitdem von der Politik kurzgehalten wurde. Einwände von praxiserprobten Leuten wollten die Bürokraten schon gar nicht hören.

Am Ende stand ein Ergebnis, das für ihn nicht nur unbefriedigend, sondern auch unhaltbar war. Zwei Kollegen aus seiner Abteilung musste er abgeben. Dabei war es seit Jahren ein emsiger Kampf gewesen, die Anzahl der Mitarbeiter aufzustocken, sodass die Abteilung leistungsfähiger und effektiver werden konnte. Sie waren im Grunde auch jetzt schon unterbesetzt, so oft wie ihre Dienstleistung in letzter Zeit angefragt wurde. Er sah sich um die Früchte seiner Aufbauarbeit gebracht und das zermürbte ihn.

Die Öffentlichkeit nahm immer mehr Anteil an ihrer Arbeit, zudem waren auch die Kollegen vor Ort dankbar für ihre Hilfe. Und jetzt das. Mit einem Federstrich wurde alles zunichtegemacht.

Leise klingelte sein Telefon; internes Gespräch. Am anderen Ende war der Leiter vom Dezernat Betäubungsmittel. Offensichtlich war Sellberg nicht der Einzige, der an der Sitzung zu knabbern hatte.

Er erfuhr, dass schon einige Kollegen die Köpfe zusammengesteckt und nach Lösungen gesucht hatten. So könnte es in ihren Augen nicht weitergehen, es galt, etwas zu unternehmen. Ob er heute Nachmittag einen Augenblick Zeit hätte, um die weitere Vorgehensweise abzustimmen. Hoch erfreut sagte Sellberg zu. Vielleicht konnten sie wenigstens eine Schlacht gewinnen, wenn der Krieg schon verloren war.

Augenblicklich hellte sich seine Laune auf. Er trug den Termin in seinen Kalender ein und erinnerte sich bei der Gelegenheit daran, was in dieser Woche noch auf dem Plan stand. Unter 'Mittwoch' war ein Termin in Osnabrück eingetragen. An der Uni sollte er an einer Podiumsdiskussion teilnehmen. Der Termin war ihm doch glatt entfallen, dabei war es die perfekte Gelegenheit, mal wieder bei seiner Kollegin Wasmuth vorbeizuschauen. Er blätterte in seinem Kalender und stellte freudig fest, keine weiteren Termine an diesem Tag zu haben. Einem Aufbruch um die Mittagszeit stand demnach nichts im Wege. Die Diskussion begann um sieben Uhr, genügend Zeit. Jetzt musste nur noch Maike Zeit haben.

Getrübt wurde seine Vorfreude nur durch den Umstand, dass ihr Lieblingslokal um diese Zeit noch geschlossen war. Egal, es würde sich schon eine Alternative finden lassen, wo sie mal wieder in Ruhe miteinander sprechen konnten.

Wann hatten sie sich zuletzt gesehen? Letztes Jahr irgendwann. November musste es gewesen sein.

Fast schon wieder bester Laune wählte er ihre Nummer im Präsidium. Nichts tat sich. Er suchte ihre Handynummer und wählte diese. Jetzt dauerte es nicht lange, ehe sie sich meldete und ohne Begrüßung zur Sache kam: »Hallo, Roman. Ich kann grad nicht. Ich meld mich später bei dir.« Und schon war das Gespräch wieder beendet.

Verstört sah er den Hörer an. So kurz angebunden hatte er sie noch nie erlebt.

Sei es drum, sie würde sich wieder melden.

Seufzend blickte er auf die Arbeit auf seinem Schreibtisch. Es gab viel zu tun.

Achtzehn

Was Elbing dort in einem großen durchsichtigen Plastikbeutel in den Händen hielt, ließ Maikes Herz augenblicklich schneller schlagen. Ein rosafarbener Trekkingschuh, an dem die Schleife noch gebunden war. Ohne Zweifel der Schuh einer Frau.

»Könnte das unserer Zielperson gehören?«, fragte Elbing unsicher in die Runde.

Maike wog ihren Kopf abschätzend hin und her. »Gut möglich«, meinte sie schließlich.

Patrick hingegen schüttelte den Kopf. »Ganz sicher«, mischte er sich ein. »Ich habe gestern bei denen im Haus noch ein Paar dieser Marke gesehen. Sie sind nicht billig, deshalb sind sie mir aufgefallen. Es müsste schon ein riesiger Zufall sein, wenn der Schuh nicht ihr gehören würde.«

»Sehr gut«, befand Maike anerkennend und fügte ihrer persönlichen Pluspunktliste einen weiteren Strich hinzu.

»Dann mal los! Ich will, dass ab diesem Punkt jeweils fünfhundert Meter in alle Richtungen jeder Ast, jeder Stock und jedes Blatt umgekrempelt wird. Jeder noch so kleine Hinweis ist uns sofort zu melden. Jeder Fußabdruck, jede Reifenspur - was auch immer. Elbing: Sie holen bitte die Hundeführer hierher!«

Sie klatschte in die Hände. »Auf geht's, an die Arbeit!«

Elbing nickte und verständigte via Funk den Leiter der Hundestaffel. Anschließend wies er die ersten Kräfte zu und verteilte die Aufgaben.

Als er fertig war, wandte sich Maike an ihn. »Ich wollte Ihnen nicht in die Parade fahren, entschuldigen Sie.«

Elbing winkte ab. »Kein Problem. Wer sie an die Arbeit kriegt, ist doch egal, oder?«

Der erfahrene Beamte lächelte milde.

* * *

Mit einem Pappbecher in der Hand stand Maike am Auto und sah gemeinsam mit Patrick aus der Ferne zu, wie sich die Hundertschaft meterweise durch das Unterholz kämpfte. Der Schuh war etwa dreißig Meter vom Hauptweg gefunden worden, was die Arbeit nicht gerade leichter machte. Durch das Wetter der letzten Wochen und Monate war der Boden matschig und in Teilen schwer zugänglich. Der Einsatz war nicht einfach für die Kollegen der Bereitschaft, die sich mit Suchstöcken vorarbeiteten. Wenigstens hatten sie einen kleinen Anhaltspunkt. Nichts war demotivierender, als ziellos einer solchen Aufgabe nachzugehen.

Ein Helfer vom Technischen Hilfswerk kam auf sie zu und fragte, ob sie noch mehr Tee haben wollte. Dabei hielt er eine silberne Kanne in die Höhe. Maike lehnte dankend ab.

»Ach, Mensch«, entfuhr es ihr plötzlich. »Ich wollte doch Roman zurückrufen!«

Sie zog ihr Telefon aus der Tasche und wählte aus der Anrufliste seine Nummer.

»Ach, jetzt hat Madame Zeit für mich?«, kam es gewohnt salopp von ihm.

»Scherzkeks, ich hab zu arbeiten. Du hast im wirklich unmöglichsten Augenblick angerufen.«

»Sag bloß?! Was war denn wichtiger als mit mir zu telefonieren? Musstest du Kollegen zusammenfalten, oder was gab es dringendes?«

Maike lachte matt auf. »Nee, das wär mal schön gewesen. Vermisste Person, Tötungsdelikt nicht ausgeschlossen.«

Sofort legte Roman den Schalter um und wurde ernst. »Oha, erzähl.«

Sie gab ihm eine kurze Zusammenfassung der bisherigen Ereignisse, wobei sie das Gespräch mit Ehlentrup außenvorließ, was Patrick mit einem Grinsen kommentierte.

»Hm«, war zunächst alles, was Sellberg erwiderte.

Schließlich brachte er einen Punkt auf, der auch Maike schon den ganzen Tag über beschäftigte. »So wie ich das sehe, Maike, bist du befangen. Was sagt denn Laser dazu, dass du den Fall an dich gezogen hast?«

Sie warf einen schnellen Blick zu Patrick und zögerte einen Augenblick mit der Antwort. Er würde die Klappe halten, also konnte sie offen reden. »Ich sehe es als grenzwertig an. Nur weil ich die vermisste Person kenne, bin ich ja noch lange nicht befangen.« Bei dem Wort warf sie wieder einen Blick auf ihren Kollegen, der teilnahmslos den Einsatz beobachtete.

»Ich bin da halt zufällig reingerutscht. Wenn es ein Fall für die Mordkommission wird, übernimmt Kurt sowieso. Oder einer von seinen Leuten. Dann gehe ich wieder auf meinen Posten und gut ist.«

Roman lachte kurz auf. »Das glaubst du doch selbst nicht, Maike. Erstens bist du viel zu sehr Polizistin, zweitens ist gerade die Bekanntschaft ein guter Grund, dich nicht zurückzuziehen. Was ich im Übrigen nur zu gut verstehen kann.«

Damit traf er den Nagel auf den Kopf. Sie würde sich schwerlich zurückhalten können, wenn es um eine Person aus ihrem Bekanntenkreis ging. Auch wenn es, wie in diesem Fall, eine eher flüchtige Bekanntschaft war.

Gerade wollte sie antworten, als sich ihnen von links ein älterer Herr näherte. Mit seiner braunen Cordhose und der grauen Strickjacke war er in ihren Augen ein typischer Vertreter der Hagener Landbevölkerung. Seine Hände tief in den Hosentaschen vergraben, blickte er abwechselnd in den Wald und scheinbar ziellos in der Gegend herum.

Sie stupste Patrick an, der den Mann noch nicht gesehen hatte. Sofort löste er sich vom Fahrzeug und ging dem Mann entgegen. Einige Zeit diskutierten die beiden miteinander, ohne dass der Mann Anstalten machte, umzukehren.

»Du Roman, ich muss schlussmachen, ich melde mich wieder.«

Sie gesellte sich zu den beiden, verzichtete aber dieses Mal auf eine Vorstellung. Stattdessen musterte sie den Mann ausgiebig.

Er wirkte nicht ungepflegt, legte aber scheinbar nicht sehr viel Wert auf sein Äußeres, was sein Bartwuchs verriet, der zuletzt vor einigen Tagen einen Rasierer zu Gesicht bekommen haben dürfte. Seine Kleidung war zweckmäßig und auf Arbeit im Freien ausgerichtet. An den Knien war die Hose dünn gescheuert und würde sehr wahrscheinlich bald die darunterliegende Haut zum Vorschein bringen.

Das Interessanteste an ihm war aber zweifelsohne sein Gesicht. Wie bei Ehlentrup waren auch hier die Spuren von jahrzehntelangem Aufenthalt an der frischen Luft nicht zu übersehen. Es offenbarte etwas Sanftmütiges, was im totalen Gegensatz zu der eher rustikal geprägten Erscheinung des Mannes stand. Seine wachen Augen verrieten das Interesse an ihrer Umgebung und verliehen ihm etwas Listiges.

Bauernschläue, kam es Maike sofort in den Sinn. Bestimmt noch so ein Bauer, der in ihr die Städterin sah, die keine Ahnung von irgendetwas hatte. Sie stellte sich innerlich auf eine neuerliche Demonstration Hagener Sturheit ein.

Der Mann zog eine Hand aus der Tasche und tippte mit den Fingern grüßend an die Stirn. Augenblicklich verschwand die Hand wieder und er deutete mit dem Kopf in den Wald. »Was passiert?«

Schon durch dieses erste Auftreten hob er sich wohltuend von Ehlentrup ab. Der hatte ja nicht einmal eine Begrüßung für erforderlich gehalten. Dennoch war Maike auf der Hut und wollte gleich zu Beginn die entsprechenden Pflöcke einziehen. Direkte Ansprache wirkte erfahrungsgemäß Wunder.

»Sie wohnen hier in der Nähe?«, ging sie gar nicht erst auf seine Frage ein.

Der Mann nickte. »Nur ein bisschen die Straße runter. Der zweite Hof. Sehen Sie das Dach da, hinter dem Grashügel? Das ist meiner.«

Maike jubilierte innerlich. Sie hatte es doch gewusst, ein Bauer. Das ganze Dorf schien von Landwirten nur so zu wimmeln.

»Soso. Ist Ihnen gestern etwas aufgefallen? Haben Sie hier Leute rumlaufen sehen? Autos, die hier nicht hingehören?«

Die Antwort kam wie aus der Pistole geschossen: »Ich hab nichts gesehen. Hier ist immer viel los, bei so nem Wetter. Gehen alle wandern und Fahrradfahren, mit diesen Dingern, diesen Sportdingern, wissen se? Sind ja eigentlich keine Fahrräder mehr, so wie wir sie früher hatten. Aber gestern nicht. War wohl noch zu kalt.«

»Kann schon sein. Was haben Sie denn gestern den ganzen Tag über so gemacht?«, stellte Patrick diese eher rhetorisch gemeinte Frage, ohne Hintergedanken. Der Mann wirkte auf ihn wie jemand, den man besser nicht zum Gespräch auffordert, weil der sonst nicht wieder aufhört zu reden.

Der Alte lächelte ihn an. »Junger Mann, ich hab geschafft. Auf nem Hof gibt es immer was zu tun, wissen se?«

Klar verstand Patrick.

Maike erinnerte sich an die Worte von Elbing. »Wie gut kennen Sie den Hüggel?«, wollte sie von ihm wissen und wies mit dem Kopf nach hinten zum Wald. »Der soll nicht ohne sein, oder?«

Der Ausdruck vom Alten wurde noch mal verschmitzter. »Nicht ohne? Sie sind von außerhalb, stimmt´s? Der Hüggel ist gefährlich. Überall hat er böse Löcher und zugewachsene Abhänge. Ein falscher Schritt und«, er machte eine Handbewegung, »das war`s.«

Für Maikes Geschmack übertrieb er total. Zumal er in einer Tonlage redete, als würde er kleinen Kindern Schauermärchen erzählen. Immerhin war da ein ausgewiesener Wanderweg, den es wohl nicht gäbe, wenn der Hüggel wirklich so gefährlich wäre, wie ihn der Alte gerade darstellte. Aber wie schon Elbing erwähnte auch der Alte die Abhänge. Ganz ungefährlich war es dort im Wald demnach wirklich nicht. Hätten sie nicht den Schuh gefunden, läge es durchaus im Bereich des Möglichen, dass Ina den - wie es der Alte nannte - falschen Schritt getan hatte. Aber wenn es gar nicht Inas Schuh war? Wenn Patrick sich irrte?

Sie musste es genau wissen. Da hätte sie auch schon längst draufkommen können.

Jetzt galt es, als erstes den alten Mann loszuwerden. Anschließend mussten sie zu Gebauers fahren.

»Vielen Dank für die Erklärung. Das war es dann auch. Vielleicht kommen wir noch einmal zu Ihnen. Wie war noch gleich Ihr Name?«, fragte sie den Mann.

»Hagenkord. Wie gesagt, der zweite Hof auf der linken Seite.« Er zeigte in Richtung seines Hofes und lächelte.

»Danke.« Sie stieß Patrick an und wandte sich zum Gehen.

»Was ist denn jetzt? Is was passiert? Wieder einer weg, im Hüggel?«

Sie hielt inne und machte auf dem Absatz kehrt. Sie hatte Elbings Worte noch im Ohr. Reihenweise würden sie dort abstürzen. Sicher wusste Hagenkord das. Aber so, wie er die Frage gestellt hatte, war da ein eigenartiger Unterton gewesen, und sie störte sich an einem Wort.

»Wie meinen Sie das? Wieso *weg*? Und wieso *wieder*?«

Sein Ausdruck wechselte und bekam etwas Schräges. Er neigte den Kopf leicht zur Seite, bevor er antwortete. »Ich sag doch, der Hüggel ist nicht ohne. Und ab und zu holt er sich jemanden.«

Maike meinte, sich verhört zu haben. Mit einem Satz schaffte es der Alte, seinen guten Eindruck in die Tonne zu treten. Er war verrückt, nichts weiter. Ein verrückter Bauer war aber das Letzte, was sie hier und jetzt gebrauchen konnten.

»Er holt sich jemanden …?«, wiederholte sie seine Aussage in bissigem Unterton.

Hagenkord nickte eifrig. »Ja, holt. Sie sind wirklich nicht von hier, oder?«

Das war zu viel für Maike. »Himmel Herrgott, nein, bin ich nicht«, fauchte sie ihn an. »Aber ich weiß, dass da immer mal wieder welche abstürzen, weil es eben Bergwerke da gegeben hat. Was soll da ungewöhnlich sein?«

Hagenkord sagte nichts, sondern sah sie nur an. Er kam einen Schritt näher, bevor er mit schiefem Lächeln antwortete: »Nichts, wenn es ein Unfall ist. *Wenn* …«

* * *

»Wortkarge und Verrückte. Ist ja total toll hier auf dem Land.«

Immer noch war sie außer sich und bekam sich gar nicht mehr ein, als sie mit Patrick in die Siedlung einbogen, in der das Haus von Mats und Ina stand. Die ganze Fahrt über erkannte Patrick seine Kollegin nicht wieder. Fortwährend waren Kaskaden von Kraftausdrücken und Beleidigungen über ihn niedergegangen.

Verstehen konnte er sie gut. Das Aufeinandertreffen mit Hagenkord war nun wahrlich an Lächerlichkeit nicht zu überbieten. Was sich der Alte da zurecht gesponnen hatte, spottete jeder Beschreibung. Sie hatten gut daran getan, ihn nach seiner letzten Bemerkung mehr oder weniger stehen zu lassen und Elbing zu suchen, um sich kurz bei ihm abzumelden.

Sie parkten kaum vor dem Haus, als Mats schon aus diesem heraus und auf sie zugelaufen kam. Bevor sie ausstiegen, hielt Patrick sie am Arm. »Ist es nicht besser, wenn du erst einmal runterkommst, bevor du aussteigst?«

Maike sah ihn an und stimmte ihm zu. »Ich denke, du hast Recht. Geh schon mal zu ihm, ich komme gleich nach.«

Gerade wollte Patrick aussteigen, als sie nachschob: »Aber sag ihm noch nichts von dem Schuh, klar?«

Er versprach es, stieg aus und wurde im selben Augenblick von Gebauer bestürmt.

»Habt ihr sie gefunden? Wisst ihr schon etwas? Die Polizei war vorhin auch da. Die glauben, ich hätte Ina etwas angetan. Kannst du dir das vorstellen? Das ist doch absurd.«

Patrick konnte ihn kaum beruhigen.

»Nein, wir haben sie noch nicht gefunden. Wir suchen sie mit einem Großaufgebot. Ich bin sicher, wenn sie dort oben ist, finden wir sie auch.«

Mats Gebauer stand offensichtlich kurz vor einem Zusammenbruch. Er schlug die Hände vors Gesicht. Voller Verzweiflung war sein Blick, als er fast flehend zu Patrick sagte: »Ich hab ihr nichts getan. Das musst du mir glauben.«

Patrick legte ihm spontan eine Hand auf die Schulter. Normal war er für solche Gesten nicht empfänglich, aber er kam sich in diesem Moment hilflos vor. Nicht zuletzt deshalb war er froh, als er die Wagentür hörte und Maike dazukam.

Gemeinsam machten sie sich auf den Weg ins Haus, wo ihnen sofort ein beißender Gestank entgegenschlug. Ohne zu zögern, lief Patrick in die Küche und entdeckte dort eine Pfanne, aus der es bereits bedrohlich qualmte. Er riss sie vom Kochfeld und warf sie in die Spüle. Innerlich ein Stoßgebet gen Himmel richtend, drehte er den Wasserhahn auf und hoffte, dass sich nichts Fetthaltiges in der Pfanne befand.

Während das Wasser über die Pfanne lief, öffnete er das Fenster und sog gierig die frische Luft ein. Im selben Augenblick tauchten Maike und Mats in der Küche auf. Letzterer hielt sich entsetzt die Hände vors Gesicht.

»Alles klar bei dir? Was ist passiert?«, fragte Maike.

Er wies auf die Pfanne. »Nach 'heiß' kommt 'Feuer'. Da hat er noch einmal Schwein gehabt. Eine Minute später und die ganze Bude hätte in Flammen gestanden.«

Maike zollte ihm Anerkennung. »Gute Reaktion, Herr Kollege. Wirklich.«

»Scheiße, an die habe ich ja gar nicht mehr gedacht“, hörte sie Mats jammern.

Patrick machte eine abwertende Handbewegung und kontrollierte noch den Herd, ehe sie sich ins Wohnzimmer aufmachten. Auf dem Weg dorthin ließ er sich leicht zurückfallen und warf einen Blick auf die an der Garderobe abgestellten Schuhe. Er bückte sich schnell, um den rosafarbenen Schuh in die Hand zu nehmen. Er hatte sich nicht getäuscht. Der Schuh hatte die gleiche Größe wie der, den sie im Wald gefunden hatten.

»Scheiße«, entfuhr es ihm leise.

Kurz nach Maike trat er ins Wohnzimmer.

Dort waren sie nicht alleine. Auf dem Sofa saßen zwei ältere Leute. Dem Gesicht der Frau nach zu urteilen, tippte er auf Inas Mutter.

»Mein Kollege Bonhof«, stellte sie ihn vor. »Herr und Frau Hendricks. Inas Eltern«, bestätigte sie seine Vermutung.

Mit einem knappen Fingerzeig deutete er auf seine Schuhe. Den anschließend in die Höhe gereckten Daumen quittierte sie durch ein fast unmerkliches Nicken.

Mit einer kurzen Geste wies sie auf Gebauer. Patrick verstand. Er sollte ein Auge auf ihn haben, um im Fall des Falles sofort eingreifen zu können. Auch ihr war nicht entgangen, wie labil der Zahnarzt mittlerweile war.

»Wir haben Ina zwar noch nicht gefunden«, begann Maike, wobei sie nach den richtigen Worten suchte, »aber es gibt einen Hinweis, dass sie tatsächlich dort im Wald war. Wir haben einen Schuh gefunden, wie er auch bei euch im

Flur steht. Der Größe nach könnte er Ina gehören.«

Patrick beobachtete, wie die letzten Reste von gesunder Gesichtsfarbe aus Mats` Gesicht verschwanden, und für einen Moment befürchtete er, ihn gleich bewusstlos umfallen zu sehen.

»Großer Gott. Wo habt ihr ihn gefunden?«

»Einige Meter entfernt vom Hauptweg, der durch den Hüggel führt«, erklärte Maike.

»Also ist sie dort oben?«, wurde Mats augenblicklich wacher. »Habt ihr noch mehr gefunden?«

Maike schüttelte den Kopf. »Leider nicht. Wir stellen gerade den ganzen Wald auf den Kopf, aber bis jetzt haben wir nur den Schuh.«

Das Klingeln ihres Telefons unterbrach die Unterhaltung. Grimmig blickte sie auf das Display. Sie wurde nur ungern in solchen Gesprächen gestört. »Elbing«, war alles was sie zu Patrick sagte, bevor sie den Raum verließ.

»Ja?«, nahm sie das Gespräch an.

»Elbing. Entschuldige die Störung, aber es gibt da eine Sache, die ich dir mitteilen wollte.«

»Schieß los«, sagte sie ungeduldig.

»Wir haben wie besprochen die Hunde am Fundort des Schuhs suchen lassen, leider ohne Erfolg. Sie haben nicht angeschlagen«, kam er gleich zur Sache.

Maike verstand erst nicht, worauf er hinauswollte, ehe der Groschen bei ihr fiel.

»Wie, die haben nicht angeschlagen? Was heißt das?«

»Die Hundeführer sind der Ansicht, dass die Vermisste nicht hier am Fundort war. Wir haben Proben aus dem Haus der Gebauers hier gehabt, aber nicht ein einziger Hund hat auch nur den Hauch einer Fährte angezeigt.«

»Scheiße«, presste sie hervor. »Also haben wir nichts?«

»Nichts, außer den Schuh«, räumte Elbing ein.

»Mist.« Maike ging im Flur auf und ab und dachte angestrengt nach. Diese Auskunft hieß eigentlich nur, dass Ina nicht dort im Wald gewesen war, wo sie den Schuh gefunden hatten. Auf die Hunde konnten sie sich verlassen. Also blieb die Frage, wie der Schuh dorthin gelangt war.

»Habt ihr sonst etwas gefunden? Reifenspuren, Fußabdrücke?« Fast schon klammerte sie sich an die Hoffnung, Elbings Leute mochten irgendeinen Anhaltspunkt gefunden haben. Irgendeinen Hinweis auf Ina. Aber ihre Hoffnung wurde enttäuscht.

»Nein, bis jetzt noch nicht. Auch die Hubschrauber haben nichts gefunden.«

»Danke. Wir kommen gleich noch einmal zu euch raus.«

»In Ordnung.«

Alles auf Anfang. Genau genommen war nicht einmal der Schuh ein Hinweis darauf, dass Ina dort im Wald gewesen war. Er konnte auf alle möglichen Arten dorthin gelangt sein.

Die wahrscheinlichste Möglichkeit behagte ihr freilich überhaupt nicht. Der Schuh lag da, weil Ina etwas zugestoßen war.

Sie ging zurück ins Wohnzimmer und wandte sich sofort an Mats. Jede Minute, die sie sich nicht in seiner Gegenwart aufhalten musste, kam ihr gelegen. Nicht, weil sie Angst vor seinen Gefühlen hatte, damit konnte sie umgehen. Sie musste raus; wollte, musste irgendetwas tun. Hier vertrödelten sie nur Zeit. Die Sache mit dem Schuh war ja zudem geklärt.

»Wir müssen wieder los«, sagte sie zu ihm und gab Patrick das Zeichen zum Aufbruch. »Sobald sich etwas ergibt, melden wir uns. Was ist mit dir? Sollen wir einen Arzt rufen?«

Mats schüttelte betäubt den Kopf.

»Wir bleiben hier, gehen Sie ruhig«, sagte Inas Mutter zu ihr. Ihre feuchten Augen trafen Maike mitten ins Herz.

Aus dem Weinen wird ein Schluchzen.

Minutenlang hat sie hemmungslos geweint. Tränen sind ihr wie Bäche über die Wangen gelaufen. All ihre Angst hat sich binnen Minuten entladen.

Jetzt sitzt sie da und ist wieder die kleine Ina. Wie früher hält sie mit den Armen die Beine umschlungen. Ganz eng hat sie sich zusammengekauert. Möglichst klein will sie sein.

Nur langsam kehrt die Fähigkeit zum klaren Denken zurück. Wie um das zu unterstreichen, wischt sie sich die Tränen weg.

Noch immer geht ihre Atmung stockend, aufgewühlt von den Emotionen, die über sie niedergegangen sind.

Sie zwingt sich, ruhiger zu atmen.

Tief zu atmen.

Gleichmäßig zu atmen.

Immer mehr kommt sie zur Ruhe.

Sie denkt über ihre Möglichkeiten nach. Hat sie überhaupt welche?

Zuerst will sie mehr über den Raum herausfinden, in dem sie sich befindet.

Aber wie will sie das anstellen, obwohl sie absolut gar nichts sehen kann? Gehen scheidet aus, im Dunkeln ist das viel zu gefährlich.

Auf allen Vieren wäre es möglich.

Sie bringt sich in Position und merkt erst jetzt, dass sie nur noch einen Schuh trägt.

Egal, das braucht sie jetzt nicht zu kümmern.

Langsam tastet sie sich vorwärts. Ganz vorsichtig schiebt sie immer eine Hand über den Boden, ehe sie mit dem Knie nachrutscht. Immer rechnet sie damit, jeden Moment gegen ein Hindernis zu stoßen. Was sich ihr sonst noch in den

Weg stellen könnte, darüber will sie gar nicht erst nachdenken.

Es kommt ihr endlos lange vor, wie sie da so über den Boden kriecht.

Plötzlich stößt sie an eine Wand. Behutsam fährt sie mit den Händen an ihr empor. Es ist wirklich eine Wand, nicht bloß ein Hindernis.

Immer höher gleitet sie mit der Hand, bis sie sich schließlich aufrichtet.

Für einen kurzen Moment schießen ihr wieder die Schmerzen in den Schädel. Als die verschwinden, merkt sie, wie ihr kurz schummrig wird und sie sich an der Wand abstützen muss.

Dann geht es weiter. Doch halt! Sie will die Stelle markieren, um nicht unzählige Runden zu drehen. Sie bückt sich und zieht sich den ihr verbliebenen Schuh vom Fuß. Sie legt ihn dicht an der Wand ab. Dann tastet sie sich weiter am Mauerwerk entlang. Sie geht links herum. Immer weiter schiebt sie sich am rauen Stein entlang, als sie plötzlich Geräusche hört.

Sofort hält sie inne, wagt es nicht, sich zu bewegen oder nur zu atmen.

So steht sie da, mit den Händen an der Wand, und lauscht in die Stille. Doch! Da! Eindeutig. Es sind Schritte, die näherkommen. Sie versucht die Richtung zu orten. Es gelingt ihr nicht.

Da hört sie über sich ein kratzendes Geräusch, gefolgt von einem Riegel, der zurückgeschoben wird. Kurz darauf öffnet sich langsam eine Luke.

Teil 3

Dienstag

Neunzehn

Heinrich Ehlentrup war müde.

Mit schleppendem Gang, die aktuelle Ausgabe des *Osnabrücker Anzeigers* unter den Arm geklemmt, mühte er sich über die Dielen seines Bauernhauses.

Trotz der Strickjacke fror er. Es war kalt. Die Diele war nicht beheizt und auch die anderen Räume waren alles andere als warm. Über Nacht war die Temperatur wieder unter den Gefrierpunkt gefallen und die Kälte hatte durch das schlecht isolierte Mauerwerk im ganzen Haus Einzug gehalten.

Zudem war die Nacht grauenvoll gewesen.

Getrieben von innerer Unruhe hatte er einfach nur dagelegen, während seine Frau neben ihm tief geschlummert hatte. Neidisch war er auf sie. Wie gerne wäre auch er einfach in einen tiefen, erholsamen Schlaf gefallen. Wann er schließlich doch eingeschlafen war, konnte er nicht sagen. Irgendwann nach Mitternacht musste es gewesen sein, nur um dann sehr früh wieder wach zu werden. Ohne zu versuchen noch einmal wegzunicken, war er leise aufgestanden und durchs Haus getigert. Ziellos. Hauptsache, er wäre in Bewegung. Bloß nicht zur Ruhe kommen. Ruhe hieß Nachdenken und das wollte er nicht. Den Gedanken keinen Raum geben, den würden sie sich noch früh genug holen.

Seine Frau war nicht lange nach ihm aufgestanden. Beim Frühstück blieb ihr nicht verborgen, wie es um seine Verfassung bestellt war. Er war noch wortkarger als sonst, dabei sprach er ohnehin nicht viel. Weder zu Hause, noch sonst wo.

Noch nie war er ein Freund vieler Worte gewesen. Lieber

hatte er schon früh Taten sprechen lassen. Mit wem sollte man sich auch großartig unterhalten, wenn man stundenlang seiner Arbeit auf dem Feld nachging?

Und wenn andere große Reden schwangen, machte er sich lieber ans Werk. Während andere noch überlegten, handelte er. Das war immer schon seine Maxime gewesen.

Mit dieser Einstellung hatte er aus dem großen Hof seiner Eltern einen riesigen gemacht, den Viehbestand erhöht und den Grundbesitz schier endlos ausgedehnt. Hektar um Hektar vergrößerte er seinen Besitz. Immer leise, immer unauffällig. Er war zur Stelle, wenn wieder einer seiner Kollegen aufgeben musste.

Das Sterben der Höfe war auch in Hagen angekommen. Auch wenn die Öffentlichkeit kaum Notiz davon nahm - schließlich fuhr immer irgendjemand mit dem Trecker über die Flächen - mussten zahlreiche Landwirte aufgeben. Konzentration, nannten es die da oben, Schicksale waren es für ihn.

Wenn ein Landwirt seinen Hof aufgeben musste, war das noch lange nicht dasselbe, wie wenn man seinen Arbeitsplatz aufgab. Ein Hof war mehr. Ein Hof war Leben. Wenn man viele Jahre Tag für Tag auf und mit dem Hof gelebt hatte, war man ein Teil von ihm. Ein Hof war mehr als eine Familie. Erst kam der Hof, dann man selbst und dann die Familie. So war es bei seinem Vater gewesen und so war es natürlich auch bei ihm.

Erst in den letzten Jahren hatte er es dann ruhiger angehen lassen. Seit sein Sohn in seine Fußstapfen getreten war, konnte er sich mehr und mehr zurückziehen. Es war ihm nicht leichtgefallen, aber letzten Endes war es auch der Tribut an seine nach Jahrzehnten anstrengender Arbeit abnehmende Leistungsfähigkeit, die ihn kürzertreten ließ.

Stattdessen hatte er beizeiten begonnen, seine Aktivitäten auf andere Felder zu verlagern.

Getreu dem Motto, dass die wahre Macht hinter dem Thron ruhte, begann er seine ohnehin schon gewichtige Rolle in der Lokalpolitik auszubauen. Mehrfach war ihm angeboten worden, Teil des Rates zu werden, doch ebenso oft prallten diese Wünsche an ihm ab. Es war kein Geheimnis, welcher Partei er nahestand, doch war ihm viel mehr daran gelegen, sich nicht allein auf eine Partei zu beschränken. Für ihn war stets die Gruppierung am Nützlichsten, mit der er den größten Einfluss ausüben konnte. Wer ihm am Ende die Schatulle füllte, war ihm herzlich egal. Er war Königsmacher, kein König. Auch wenn viele in ihm den heimlichen Herrscher in Hagen sahen und seine Machenschaften kritisch beäugten, was er gleichmütig und amüsiert zur Kenntnis nahm.

Darüber hinaus gab es noch ein zweites Betätigungsfeld, auf dem er aktiv war.

Hagen am Teutoburger Wald war eine wachsende Gemeinde. Ein Umstand, der viele Gemeinden im Umland von Osnabrück verband. Nur Ehlentrup war schlau genug, dies rechtzeitig erkannt zu haben. Kaum ein Baugebiet war in den zurückliegenden Jahren aus dem Boden gestampft worden, zu dem er nicht einen kleinen oder großen Teil Fläche beigesteuert hätte. Neben der Tatsache, dass er so ein gewichtiger und unvermeidlicher Ansprechpartner der Gemeindevertreter war, wenn es galt, neue Baugebiete auszuweisen, war er nicht unglücklich darüber, auf diese Weise zusätzlich seinen Reichtum zu mehren.

Das alles war jetzt jedoch nebensächlich, als er durch die kalte Diele tappte. Etwas anderes beschäftigte ihn.

Er hielt auf das Zimmer zu, das in der Nähe des großen, hölzernen Eingangstores lag und im Grunde eher eine Kammer war. Das viel zu kleine Fenster, das zudem über all die Jahre trüb geworden war, reduzierte das helle Tageslicht auf einen blassen Schimmer, aber es genügte. In diesem Raum kannte er sich blind aus.

Würde jemand Fremdes diesen Raum betreten, wäre es nur eine Abstellkammer. Er sähe eine wirre Mischung aus altem Gerümpel und Möbeln. Erst auf den zweiten Blick würde er die Truhe sehen. Vielleicht.

Heinrich Ehlentrup griff sich aus einer Schublade eine Schere und eine Klarsichthülle. Er zog sich einen Stuhl heran und stellte ihn vor die braunschwarze Kiste aus massivem Holz, die mit schweren Eisenbeschlägen versehen war.

Er breitete die Zeitung aus und suchte den Artikel. Er fand ihn, ohne lange nach ihm blättern zu müssen. Nicht einmal ein Foto war der Zeitung das Verschwinden der jungen Frau wert gewesen. Doch das würde sich ändern, das kannte er von den anderen Fällen. Bald würden sie alle ausführlich berichten.

Sorgfältig schnitt er den Artikel aus und steckte ihn in die Klarsichthülle.

Er zog einen Schlüssel aus seiner Tasche, mit dem er die Truhe öffnete. Wie jedes Mal fragte er sich auch jetzt, wozu er überhaupt das Schloss benutzte, wo doch sowieso niemand diesen Raum je betreten würde. Es war halt Gewohnheit, so wie er viele Rituale hatte, die für Außenstehende spleenig anmuteten.

Aus der geöffneten Truhe holte er einen Ordner hervor und setzte sich schwerfällig auf den Stuhl.

Einige Sekunden wartete er, als könnte er so den Inhalt beeinflussen, der ihm nur allzu vertraut war. Dann öffnete er den Deckel, heftete die aktuelle Hülle zu Oberst und begann, im Ordner zu blättern.

Sofort wurde die Vergangenheit wieder lebendig und lief vor seinem inneren Auge ab.

Zwanzig

Ein kurzes Klopfen kündigte Besuch an.

»Ja«, rief Maike Wasmuth gereizt, während sie gerade über dem Einsatzbericht vom Montag saß. In ihm waren alle wesentlichen Ergebnisse und Fakten zusammengefasst, die sie zwar schon kannte, die aber in ihrer nüchternen Aufstellung noch einmal ihre ganze Traurigkeit ausdrückten. Keine Hinweise auf Ina Gebauer rund um die Fundstelle des Schuhs und auch keine Hinweise aus der Bevölkerung. Die Durchgeknallten ließ sie jetzt mal außen vor, die wollte sie nicht ernstnehmen.

Seit zwei Tagen hatten sie nicht die kleinste Spur ihrer Klassenkameradin.

Die Ermittlungsarbeit lief ihren normalen Gang. Das Umfeld von Ina wurde durchleuchtet, Kollegen und Familie befragt, das übliche Procedere. Auch hier zeigten sich bis jetzt keine Auffälligkeiten.

Die Tür ging auf und schlagartig änderte sich Maikes Laune.

»Roman!«, rief sie erfreut und lief um ihren Schreibtisch herum, um ihn zu begrüßen. »Mit dir habe ich ja überhaupt nicht gerechnet. Ich dachte, du kommst erst morgen?«

»So war der Plan, aber wie das mit Plänen so ist …«, sagte er verschmitzt.

»Egal, ich freu mich wirklich, dich zu sehen! Erzähl, wie geht es dir? Wir haben uns ja ewig nicht gesehen.«

Womit sie Recht hatte. Viel Arbeit gab es für die Abteilung Fallanalyse im Raum Osnabrück tatsächlich nicht. Zum Glück für Alle, zum heimlichen Leidwesen von Sellberg, kam er doch gerne in die Hasestadt.

»Die bösen Buben nehmen euren Beinamen *Friedensstadt* eben zu wörtlich«, meinte er klagend.

Seine Wiedersehensfreude bekam einen merklichen Dämpfer, als er sie einen Augenblick näher betrachtete. Sorgenvoll bemerkte er, wie schlecht sie aussah. Sie wirkte für ihre Verhältnisse ungewohnt erschöpft, wie er es bei ihr noch nie erlebt hatte. Normalerweise war sie jemand, der sich nicht nur durch eine gute körperliche Verfassung auszeichnete, sondern auch eine bewundernswert hohe Stressresistenz besaß. Selbst einer noch so hohen Belastung strotzte sie mit erstaunlicher Gelassenheit.

Heute fiel ihm aber nicht nur ihre Müdigkeit auf, die sich in ihrem Gesicht widerspiegelte. Maike hatte ihre Frisur verändert. Ihre sonst dunkelbraunen Haare waren fast schulterlang gewesen, was gut mit ihrer Körperlänge von über eins achtzig harmonierte. Jetzt trug sie sie wesentlich kürzer, was ihr zwar auch gut stand, aber woran er sich erst gewöhnen musste.

Roman fing sich wieder. »Mir geht es gut, danke. Wenn man von dem üblichen Theater mal absieht, das sich täglich bei uns abspielt.« Er machte eine kleine Pause. »Aber du siehst schlecht aus.«

Den letzten Satz quittierte sie mit einem gequälten Lächeln. »Danke. Wenn ich so scheiße aussehe, wie ich mich fühle, gebe ich dir blind Recht.«

Sie sah ihn aus müden Augen an.

»Es ist wegen dieser Ina, richtig?«, fragte er vorsichtig.

Maike nickte traurig. »Es sieht nicht gut aus. Seit Sonntag ist sie verschwunden. Sprichwörtlich wie vom Erdboden verschluckt. Abgesehen von ihrem Schuh haben wir nicht den kleinsten Hinweis auf sie. Der halbe Wald wurde schon durchsucht, ohne Ergebnis.«

»Ihren Schuh? Lass hören. Halt! Bevor du weiterredest: Kann man sich hier irgendwo einen Kaffee organisieren?«

Sie nickte, gab ihm ein Zeichen zu warten und verließ ihr Büro. Roman hörte sie einige Türen weiter einen Raum betreten und vernahm leises Stimmengemurmel. Kurze Zeit später kam sie mit einem Becher zurück.

»Oh, vielen Dank. Du bist ein Schatz. Jetzt kannst du mich gerne auf den neuesten Stand bringen.«

Er setzte sich in den Besucherstuhl und lehnte sich entspannt zurück. Konzentriert hörte er ihr zu.

»Das vielleicht Wichtigste vorweg: Wir halten Mats, ihren Mann, für sauber. Die Umfeldbefragung hat bis jetzt keinen Hinweis auf Probleme zwischen den beiden ergeben, zumindest keine, die ihn verdächtig erscheinen lassen. Sowohl Patrick als auch ich nehmen ihm seine Betroffenheit ab.

Die Spurenlage im Berg, dem Ort ihres mutmaßlichen Verschwindens, ist mies, bis auf ihren Schuh, den wir etwas abseits des Weges gefunden haben. Ansonsten keine Reifenspuren, Kleidungsstücke, nichts.

Alle Anwohner wurden befragt, gleichfalls ohne Erkenntnis. Die Suchhunde haben nicht mal gewinselt und die Hubschrauber haben auch nichts gefunden. Das Gelände ist ehemaliges Bergbaugebiet und wurde umfassend durchsucht. Du wirst es erraten: ebenfalls Fehlanzeige. Abgestürzt ist sie demnach nicht.«

»Was wegen ihres Schuhs auch unlogisch wäre«, warf er ein.

Sie nickte. »Seit gestern ist jetzt eine Sonderkommission am Start. Glücklicherweise fiel die Wahl des Leiters auf Kurt, mit dem kann ich immer noch am besten, wie du weißt.«

Sie überlegte, ob sie noch etwas vergessen hatte, war aber der Meinung, alles Wesentliche zusammengefasst zu haben.

Roman hatte den Becher auf die Lehne gestellt und hielt ihn mit zwei Fingern fest. Angestrengt sah er auf einen Punkt im Raum. Maike kannte diesen Ausdruck und ließ ihm Zeit. Gerade weil er den Blick von außen hatte, konnte er oft hilfreiche Hinweise geben, an die sie nicht gedacht hatten.

»Du sagst, das ist ein altes Bergbaugebiet. Wie sind die Stollen gesichert?«, fragte er schließlich.

»Die wenigen Eingänge, die es noch gibt, sind seit dem letzten Unfall mit Gittern verschlossen. Die wurden alle kontrolliert, die überdauern uns noch.«

»Sind sie abschließbar?«

»Einige ja. Es gibt dort hin und wieder Führungen. Außerdem finden dort geologische Exkursionen statt.«

»Was sind das für Führungen?«, wollte er wissen.

»Der Heimatverein bietet welche an. Touristen, Interessierte, sowas in der Art.«

»Verstehe«. Roman dachte weiter nach. »Und wer hat die Schlüsselgewalt? Und wie viele Schlüssel gibt es?«

Maike griff sich die Akte vom Schreibtisch und blätterte. Schließlich fand sie die entsprechende Stelle.

»Der Vorsitzende des Heimatvereins, ein gewisser Poggemann, macht die Führungen und hat einen Schlüssel, ein anderer liegt bei der Gemeindeverwaltung.«

»Heimatverein klingt schon so altbacken. Ich nehme an, der gute Herr ist unverdächtig, oder?«

Maike lächelte. »Für mich schon. Es sei denn, du traust einem Siebenundachtzigjährigen zu, eine Frau zu verschleppen.«

»Eher nicht.«

Roman trank seine Tasse aus und stellte sie auf den Tisch.

»Steht da auch, ob die begehbaren Tunnel schon durchsucht wurden?«, fragte er und deutete auf die Mappe.

Wieder suchte sie nach dem entsprechenden Eintrag. Dieser Punkt war ihr doch glatt durchgerutscht. Sie wusste wohl von Elbing, dass sie die Umgebung der Vorsprünge abgesucht hatten, an denen die anderen Unfallopfer sonst immer gefunden worden waren.

»Steht hier nicht. Also ob sie durchsucht wurden. Ich werde Kurt mal darauf ansetzen. Ich kann mir aber nicht denken …«

»Ich auch nicht, aber nach deinem Bericht ist das zwar nicht die einzige, aber eben auch nicht ausgeschlossene Möglichkeit, die ich im Moment sehe. Denn offenkundig ist ihr etwas zugestoßen. Und dann ist es eine fünfzig-fünfzig Chance, dass sie dort im Gelände oder in den Stollen liegt.«

»Und wenn nicht?« Immer wieder hatte sie sich seit Sonntag diese Frage gestellt, nur der Antwort war sie immer ausgewichen.

»Dann«, Roman zögerte, »kann sie natürlich überall sein.«

Maike nickte verhalten.

»Du erwähntest gerade etwas von einem Unfall. Was war damit?«

Sie warf die Mappe auf den Tisch und stand auf. »Vor fünfundzwanzig Jahren wurde am Fuße des Hügels eine Leiche gefunden. Es deutete alles auf einen Unfall hin und auch die Ermittlungen ergaben keine Hinweise auf Fremdverschulden.«

Sie sah ihn an. »Kurt hat es mir erzählt. Es war wohl einer der ersten Fälle, die er auf den Tisch bekam, nachdem er hier angefangen hat.«

»So …«, war alles, was Roman sagte.

Einundzwanzig

Heinrich Ehlentrup sah kurz von seiner Arbeit auf und erkannte ihn schon aus großer Entfernung. Kaum jemand sonst saß so auf dem Fahrrad. Den Oberkörper leicht vornüber geneigt, von einer Seite zur anderen neigend, immer im Gleichklang mit dem Tritt in die Pedale, sich mehr vorwärts kämpfend, denn fahrend.

Er konnte sich denken, was Hagenkord von ihm wollte, und darauf konnte er gut verzichten. Seit Montag kannte der ganze Ort nur noch ein Gesprächsthema und nach dem Bericht in der Zeitung erst recht.

Sie jedoch hatten es in ihrer Runde, die sich seit über dreißig Jahren jeden Sonntag traf, bereits am Sonntag gewusst.

Sie trafen sich immer um sechs. Immer an dem gleichen Tisch. Immer in der gleichen Besetzung. Fünf Männer, alle um die achtzig. Bauern. Landwirte, wie es heute hieß; als würde die Änderung der Berufsbezeichnung irgendetwas an ihrem harten Job ändern.

Leute, die ihre Runde nicht kannten und sich sonntags in die *Waldklause* zum Essen einfanden, wunderten sich gelegentlich, wie ungewöhnlich ruhig es bei ihnen zuging. Oftmals vergingen etliche Minuten, in denen niemand ein Wort sprach. Sie kannten das Tuscheln, wenn andere die Köpfe zusammensteckten und sich unverhohlen über sie amüsierten.

Sie galten als verschroben, sonderbar. Einer wie der andere. Bauern halt.

Dabei brauchten sie nicht viele Worte, zu erzählen gab es eh nichts. Alle hatten die gleichen Nöte, die gleichen Sorgen. Sie trafen sich nicht, um die Probleme der Welt zu diskutieren. Welchen Sinn sollte das auch haben? Für sie zählte einzig das Hier und Jetzt. Vielleicht noch das Wetter, was aber auch müßig war, denn es passte sowieso nie.

So saßen sie da, Sonntag um Sonntag, tranken immer das Gleiche. Auch die Bestellungen gingen wortlos über die Bühne. Ein Zeichen genügte und Heinz, wie sie ein Hagener-Urgestein und Inhaber der *Waldklause*, brachte die nächste Runde.

Nur selten kam Leben in ihre Gemeinschaft, die in dieser Besetzung nur hier zusammenkam. Außerhalb gingen sie getrennte Wege.

Sonntag war so ein Tag gewesen. Als Ehlentrup die Neuigkeit erzählt hatte, hatte es einen Moment gedauert, ehe das Erstaunen lautem Lamentieren gewichen war. Dabei waren alle im Bilde. Jeder von ihnen.

Und wie alle anderen wusste auch Ehlentrup, dass die Lautstärke nur von der Angst ablenken sollte, die einige von ihnen hatten. Da waren sie wie Kinder, die lautredend in den Keller gingen, weil sie sich vor dem bösen Mann fürchteten, den sie dort vermuteten.

Und jetzt kam August Hagenkord auf ihn zu, auf seinen Hof.

Als er ihn erreicht hatte, hob dieser nur kurz den Arm und grüßte ihn wortlos. Ehlentrup sah ihn aus zusammengekniffenen Augen an.

Hagenkord stieg von seinem Rad und stellte es an die Mauer. Er wartete einige Sekunden, in denen er sich neben ihn an die groben Steine der Grundstücksbefestigung lehnte und gleichfalls auf die Wiese hinaus sah, auf der schwarzweiß gemusterte Kühe in der Sonne lagen.

»Sie suchen noch«, sagte er schließlich.

»Hm«, brummte Ehlentrup.

»Sie haben keine Ahnung. Wieder nicht.«

»Hm.«

»Die Polizistin ist nicht mal von hier.«

Ehlentrup lachte kurz auf.

»Ich habe gehört, sie war mit ihr bekannt, wusstest du das?«

»Hm.« Das war ihm zwar neu, aber er war nicht gewillt, das August gegenüber zuzugeben. Es spielte für ihn auch keine Rolle.

»Ob es jetzt endlich aufhört?«

Ehlentrup schob seine Mütze auf den Hinterkopf und sah ihn an. »Es hört erst auf, wenn wir die Augen zumachen.«

Obwohl es nur äußerst wenig Licht ist, das durch die Öffnung in das Loch fällt, muss sie reflexartig die Augen schließen, so sehr blendet sie selbst das spärliche Hell.

Sie hört ein schabendes Geräusch, wie wenn etwas über eine Kante geschoben wird. Mit einem dumpfen Schlag setzt etwas auf dem Boden auf. Wenig später hört sie wieder Schritte. Eine Leiter, *fährt es ihr durch den Kopf.* Das kann nur eine Leiter sein.

Zögerlich öffnet sie die Augen. Erst nach einigen Sekunden ist sie in der Lage, sich zu orientieren, und erschreckt fast zu Tode. Sie hält sich die Hände vors Gesicht, um nicht laut loszuschreien.

Er *ist es.*

Sie hat ihn schon einmal gesehen. Oben, auf dem Weg. Wie aus dem Nichts ist er aufgetaucht. Er muss sie hierher gebracht haben. Aber warum? Was will er? Ist er es wirklich?

Eingehüllt in einen schwarzen Umhang, der bis zum Boden reicht, steht er unter der Luke. Er ist groß. Und breit. Kräftig. Massiv. Bedrohlich.

Die Person kommt einige Schritte auf sie zu.

Ina versucht, trotz des schummrigen Lichtes die Größe ihrer Höhle abzuschätzen. Es gelingt ihr nicht. Hinter der Leiter geht es unendlich weiter. Sie kann kein Ende sehen. Auch links und rechts von ihr ist nur Leere, keine Wand begrenzt den Raum.

Angst steigt in ihr hoch.

Die Person greift in den Umhang und holt etwas hervor. Es sieht wie ein Leinenbeutel aus.

Ohne den Blick von ihr abzuwenden, stellt sie es auf dem Boden ab.

Ina will den Blickkontakt, sucht ein Gesicht. Doch wo sie

nach Augen sucht, sieht sie nur Löcher. Er trägt eine Kapuze, die eng über dem Kopf liegt. Nicht einmal Konturen kann sie erkennen. So steht er einfach nur da. Sekundenlang. Sieht sie schweigend an.

Für eine winzige Sekunde überlegt sie, einfach vorbeizurennen und die Leiter nach oben zu klettern. Alles in ihr schreit danach. Nur weg von hier. Aber ihr Verstand sagt ihr, dass sie keine Chance hat. Er würde sie aufhalten.

Reden, *hört sie eine Stimme in sich.* Reden hilft bestimmt. Rede mit ihm. *Doch sie kann es nicht. Sie fühlt ihren trockenen Mund und bekommt keinen Ton heraus.*

Rückwärts, den Blick nicht von ihr lösend, geht der Umhang zurück, bis er wieder unter der Luke steht.

Ein letzter langer Blick, dann recken sich die Arme nach oben und erklimmen die Sprossen. Immer höher sieht sie den Umhang klettern, weg von sich und sie zurücklassend. Als sich die Leiter vom Boden hebt, rennt Ina unter die Luke. »Warte!«, will sie rufen, aber es ist nicht zu verstehen. Nur ein krächzendes Geräusch dringt aus ihrer Kehle.

Trotzdem reagiert er. Blickt zu ihr hinab. Starrt sie unentwegt an.

Ina sammelt sich. Konzentriert sich. Sieht nach oben. Ihr Atem geht schwer und rasselnd.

„Bitte“, sagt sie dann mit brüchiger Stimme, „ich muss ...“

Quälend lange geschieht nichts.

Dann lässt er die Leiter wieder hinab und bedeutet ihr, zu ihm hinaufzusteigen.

Zweiundzwanzig

»Guten Tag, Bonhof, Kriminalpolizei Osnabrück. Meine Kollegin Wasmuth. Wir haben vorhin telefoniert. Dürfen wir reinkommen?«

Wilhelm Poggemann schenkte dem Ausweis nur einen flüchtigen Blick. Freundlich bat er sie herein.

»Natürlich, ja. Bitte, kommen Sie.«

Während des Mittagessens mit Roman, Kurt und Patrick in der Kantine des Präsidiums waren sie die weiteren Möglichkeiten und Schritte durchgegangen. Ernüchtert hatten sie dabei festgestellt, nicht sehr viel tun zu können. In die Arbeit der Sonderkommission konnten und wollten sie sich nicht einmischen, herumsitzen und Löcher in die Luft starren kam für sie aber auch nicht in Frage.

Da Roman am Nachmittag einen wichtigen Termin hatte, um den er ein großes Geheimnis machte, hatten Maike und Patrick beschlossen, den Leiter des Heimatvereins aufzusuchen.

Vor allem war Maike daran gelegen, mehr über das Gebiet zu erfahren, in dem ihre Schulfreundin verschwunden war. Wilhelm Poggemann erschien ihr dazu als der ideale Ansprechpartner.

Der Heimatverein veranstaltete regelmäßige Führungen und Wanderungen im Hüggel und in den Stollen, bei denen Poggemann als Führer fungierte. Es hieß, niemand kannte das alte Bergwerk besser als er.

Kaum dass sie das Haus betreten hatten, fühlten sie sich sogleich in eine andere Zeit versetzt.

Bereits der Flur war ein Panoptikum der Hagener Ortsgeschichte. An den Wänden hingen Kupferstiche, die sich mit Fotos abwechselten, deren Ecken teilweise eingerissen waren.

Alte Urkunden und Schriftstücke hingen eingerahmt zu beiden Seiten und gaben Aufschluss über die Zeit, als der Ort wirklich noch eine Bauernschaft gewesen war.

Überrascht waren sie von seiner Erscheinung. Wilhelm Poggemann wirkte nicht wie jemand, der stramm auf die neunzig zuging. Ohne weiteres würde er für knapp siebzig durchgehen. Die wachen Augen in seinem glatten Gesicht verrieten den Wissensdurst, der ihn bei seiner Tätigkeit offenkundig antrieb.

Mit aufrechtem Gang führte er sie ins Wohnzimmer, wo seine Frau mit Handarbeit beschäftigt war. Sie begrüßte den Besuch mit einem freundlichen Lächeln, um sofort wieder ihrer Beschäftigung nachzugehen.

»Vielen Dank, dass Sie so kurzfristig Zeit für uns haben«, sagte Maike. »Uns wurde gesagt, kaum jemand würde Hagen und den Hüggel besser kennen als Sie.«

Poggemann lächelte verlegen. »Es würde mich in der Tat wundern, wenn dem so wäre.«

»Er sieht den Hüggel ja auch öfter als mich«, warf seine Frau beiläufig ein, ohne von ihrer Arbeit aufzusehen. Dann hielt sie doch mit ihrer Tätigkeit inne und sah sie an. »Es geht um diese Frau, oder? Dieses arme Ding, das verschwunden ist?«

»Auch, ja«, erwiderte Bonhof, ohne näher auf den Fall einzugehen. »Wir würden aber generell gern mehr über den Berg erfahren. Vielleicht kann uns das bei den Ermittlungen helfen.«

Hastig sprang Poggemann auf. »Entschuldigen Sie, wie

töricht von mir! Was darf ich Ihnen anbieten? Vielleicht einen Tee?«

Patrick lehnte dankend ab, auch Maike verneinte.

»Uns würde zum Beispiel interessieren, wie viel vom alten Bergwerk noch begehbar ist«, kam Maike wieder auf den Grund ihres Besuchs zurück. Sie setzte insgeheim große Hoffnung darauf, dass sich ihre Schulfreundin irgendwo dort unten in den Stollen aufhielt.

Wilhelm Poggemann ließ sich in seinen Sessel sinken und dachte nach. »Offiziell vielleicht zwanzig Prozent«, sagte er schließlich.

Maike horchte auf. »Offiziell?«

Er sah sie verschmitzt an. »Ja, offiziell. Man könnte tagelang dort umherlaufen, ohne jemals Tageslicht zu sehen. Die alten Stollen wurden nie verfüllt, müssen Sie wissen. Allerdings sind sie teilweise schwer zu finden.«

»Irgendwann wirst auch du noch verschüttet«, ließ sich seine Frau vernehmen. Wieder unterbrach sie ihre Arbeit. »Ich sterbe jedes Mal tausend Tode, wenn er dort unten ist. Man weiß ja nie, was dort alles passiert. So viele sind dort schon geblieben, wissen Sie? Aber er kann nicht aufhören.«

»Wie viele kennen diese alten Stollen?«, wollte Patrick wissen. »Die, die man nur schwer findet«, fügte er schnell hinzu.

Der alte Mann lachte auf. »Alle.«

»Alle?«

»Ja, alle. Es gibt wohl kaum jemanden meines Alters, der als Kind nicht dort unten war. Alle haben dort gespielt, gerade weil es verboten war. Erst als Jakob nicht mehr wiederkam, hat man angefangen, die Eingänge zu sichern. Trotzdem gibt es Wege dort hinein, aber die kennen tatsächlich nur wenige.«

»Wer ist Jakob?«, fragte Maike, die diesen Namen das erste Mal hörte. »Was ist mit ihm?«

»Jakob Hagenkord«, antwortete Poggemann.

Maike und Patrick sahen sich überrascht an.

»Wir haben neulich einen älteren Herrn getroffen«, sagte Maike, »der hieß auch Hagenkord. Die beiden waren nicht zufällig …«

»Verwandt«, schloss Poggemann. »Doch. Jakob war sein Bruder.«

»Oh Gott«, entfuhr es Maike, sichtlich schockiert. »Was ist passiert?«

Nervös rutschte sie auf dem Sofa nach vorn.

Poggemann trank erst in aller Seelenruhe einen Schluck Tee, bevor er sich zurücklehnte.

»Wie gesagt, wir haben alle dort gespielt. Wir spielten Fangen und Verstecken und all so was. Bei schönem Wetter badeten wir auch im Silbersee. Ich erinnere mich noch an das glasklare Wasser. Der See wurde mit Grundwasser gespeist, müssen Sie wissen. Na ja. Eines Tages aber blieb Jakob im Berg. Wir wollten nach Hause, nachdem wir den ganzen Tag dort verbracht haben. Nur er fehlte. Wir gingen ihn suchen, fanden ihn aber nicht.«

»Und dann?« Maike hielt es fast nicht mehr aus.

»Nichts und dann. Wir sind nach Hause und haben uns erst einmal eine richtige Tracht Prügel von unseren Alten eingefangen.« Sein Blick entrückte kurz und verriet den Film, der gerade vor seinem geistigen Auge ablief. »Dann ist das ganze Dorf zum Berg und hat ihn gesucht. Nachts. Mit Fackeln sind sie da rein. Aber es war nichts zu machen. Es gab keine Spur von Jakob. Nach einigen Tagen hat man es aufgegeben und ihn dort gelassen.«

»Wie, dort gelassen?«, fragte Patrick verwundert. »Wo war er denn hin?«

Poggemann machte eine ausholende Geste. »Wissen Sie, der Berg hat viele Gruben und Stollen. Ein falscher Tritt und man stürzt zig Meter ab. Keiner kann sagen, wo Jakob liegt. Wenn der Hüggel nicht will, gibt er niemanden frei.«

Maike wurde anders. Mit einem Mal bekam der Ausspruch von Hagenkord eine ganz andere Bedeutung. Aber wieso hatte er nichts von seinem Bruder erzählt? Wieso nahm er in Kauf, dass sie ihn für verrückt hielten?

»Und Sie sind sicher, er liegt im Berg? Kann er nicht auch ertrunken sein?«, fragte Maike, obwohl sie die Aussage des Mannes nicht anzweifelte.

Energisch schüttelte Poggemann denn auch den Kopf. »Nein, ausgeschlossen. Wir waren zu sechst am Wasser. Jakob hielt sich am Ufer auf und ging schließlich in Richtung des Stollens. Ich habe mit eigenen Augen gesehen, wie er hineinging.«

»Wann war das?«, schob sie nach.

Poggemann dachte nach. »Wann Jakob im Berg geblieben ist? 1940 war das. Sommer 1940.«

»Sind dort noch mehr …«, sie suchte nach den richtigen Worten, »… im Berg geblieben, wie Sie es nennen?«

Nachdenklich senkte er den Kopf. »Zu unserer Zeit nicht. Aber es ist gut möglich.«

»Geht das auch genauer?«, bohrte Patrick ungeduldig nach und ärgerte sich sofort über den unbeabsichtigt scharfen Ton.

»Genau weiß das wahrscheinlich keiner. Sie müssen wissen, dass immer mal wieder Leute von auswärts kommen, um dort zu klettern. Oft sind Leute aus dem Ausland da. Die Stollen sind unter Kletterern sehr beliebt. Das ganze

Gelände ist ja ein Teil des gewaltigen Naturlehrpfades, der bis hinüber zum Wiehengebirge reicht. Wenn von denen einer verschwindet, werden die erst mal nicht vermisst. Wer kann da schon sagen, wie viele im Berg verschollen sind, die wie Jakob abgestürzt sind?«

»Das ist ja unheimlich«, murmelte Maike, die erstaunt war, einen so gruseligen Ort quasi vor ihrer Haustür zu haben. »Wie alt war Jakob, als er ums Leben kam?«

Wieder dachte Poggemann einige Zeit nach, ehe er antwortete. »Jakob muss so um die elf gewesen sein, wenn ich mich recht erinnere.«

»Elf? Großer Gott. Und seine Leiche wurde nie gefunden?«

Maike sah zu Frau Poggemann, die ihre Handarbeit auf den Knien abgelegt hatte und deren leerer Blick einen unbestimmten Punkt im Zimmer fixierte. Ihr Mann schüttelte versonnen den Kopf. »Niemals. In all den Jahren nicht, in denen ich dort unterwegs bin. Der Berg hat ihn nicht mehr hergegeben.«

Ein bedrückendes, unangenehmes Schweigen breitete sich in dem geräumigen Wohnzimmer aus. Maike blickte zu Patrick, der mit seinen Händen eine hilflose Geste machte.

»Sie haben«, setzte Maike behutsam an, »einen Schlüssel für den Eingang. Ist das richtig?«

»Ja, stimmt. Wir sind ja oft vom Heimatverein aus dort unterwegs.«

»Wer hat noch einen Schlüssel?«

Ohne lange zu überlegen, antwortete Poggemann: »Der Landkreis und die Gemeinde. Mehr gibt es nicht.«

»Und das ist sicher?«

Er nickte entschieden. »Ganz sicher. Vor einigen Jahren

erst mussten wir dort ein neues Schloss einbauen, weil das alte beschädigt war. Ich habe drei Schlüssel anfertigen lassen. Es kann natürlich sein, dass von den anderen welche nachgemacht wurden, aber das kann ich mir nicht denken. Was wollen die damit? Von denen geht da unten keiner rein. Die haben die nur für den Notfall.«

»Verstehe«, erwiderte Maike.

»Wenn ich Sie richtig verstanden habe«, warf Patrick ein, »haben fast alle Kinder damals dort gespielt, richtig?«

Poggemann bejahte. »Von einigen Langweilern mal abgesehen, ja.«

»Dann kennen also fast alle, die in Ihrem Alter sind, die Stollen und Gänge im Berg, auch richtig?«

»Im Großen und Ganzen schon. Aber so ein Berg ist immer in Bewegung, wissen Sie. Wenn man nicht ständig dort unten ist, bekommt man das nicht so mit. Es kann sein, dass Sie heute noch einen Weg gehen können, der in einem Jahr verschüttet ist.«

»Verstehe«, sagte Patrick leise.

»Können Sie uns die Eingänge zeigen, von denen Sie gesprochen haben?«, fragte Maike. »Die, die man kennen muss?«, fügte sie schnell hinzu.

Er lächelte, offensichtlich glücklich darüber, ihnen helfen zu können. »Sehr gerne.«

* * *

Dieses Mal waren sie auf einem anderen Weg zum See gefahren als noch am Sonntag. Nachdem sie ihren Wagen auf dem Wanderparkplatz abgestellt hatten, waren sie nach nicht einmal fünf Minuten am ehemaligen See angekommen und blickten in ein gewaltiges Erdloch. Vor ihnen tat sich ein riesiges Feld von schätzungsweise viertausend Quadratmetern auf. Sehr gut konnte man sich anhand der Beschaffenheit vorstellen, wie es vor vielen Jahren hier ausgesehen haben mochte.

Zusammen mit dem Heimatführer stiegen sie einen engen, zuweilen sehr steilen Weg hinab, um zum Besuchereingang des Stollens zu gelangen.

»Ist ja doch ganz schön hoch hier«, meinte Maike, als sie nach oben blickte. Vor ihr ragte eine nahezu steile Wand etwa fünfzig Meter nach oben.

»Und das war ein richtiger See hier?«, wandte sie sich an Poggemann.

»Genau. Während hier Erz und Silber abgebaut wurden, was das Stahlwerk im Nachbarort brauchte, speiste Grundwasser diese Fläche, welche aufgrund der Einfärbung silbern schimmerte. Daher auch der Name Silbersee. Das Wasser ist seit Jahrzehnten weg, aber der Name ist bis heute geblieben.«

»Aha …« Sie war beeindruckt. »Schön ist es hier.«

»Da ist es auch klar, dass niemand überlebt, wenn er von da oben runtersegelt«, flüsterte Patrick.

»Bitte?« Poggemann schien über gute Ohren zu verfügen.

»Nichts.«

»Mein Kollege meinte, dass es kein Wunder sei, einen Absturz von da oben nicht zu überleben. Wie Sie ja auch vorhin erwähnten.«

»Oh, ja, ja …«, murmelte Poggemann und ging voraus zum Eingang.

Nachdem er die Tür zum Besucherstollen aufgeschlossen hatte, sah sie das erste Mal in die Dunkelheit. Sofort überkam sie ein mulmiges Gefühl. Sie stand zum ersten Mal in einem Bergwerksstollen und war noch mehr beeindruckt als vorhin schon. Selbst als Poggemann einen Schalter betätigte und der Stollen mit mattem Licht ausgeleuchtet wurde, vermochte das ihre Beklommenheit nicht zu beseitigen. Nur wenige Schritte ging sie hinein, um die Atmosphäre noch besser aufzunehmen.

»Sehen alle Stollen so aus?«, wollte sie wissen.

»Nein, nicht alle. Das hier ist der Besucherstollen, den wir bei den Führungen zeigen. Der ist besonders ausgebaut und hergerichtet. Die anderen sind enger, dunkler und bei weitem nicht so gut in Schuss.«

»Wie lang ist der hier?«

»Etwa dreihundert Meter.«

»Aha.« Ihr war unwohl. Sie machte kehrt und beeilte sich, wieder nach draußen zu kommen. Dort schüttelte sie sich kurz durch. »Unheimlich da drin«, meinte sie zu Patrick, der kurz nach ihr draußen erschien.

Der nickte. »Absolut. Noch nie so was gesehen. Und wo sind die anderen Eingänge, von denen Sie gesprochen haben?«, wandte er sich an Poggemann, als der den Eingang wieder verschlossen hatte.

Dieser wies auf eine Stelle, etwa zwanzig Meter entfernt und zehn Meter hoch. »Sehen Sie die Stelle dort oben? Wo der Sand eine andere Farbe hat?«

Patrick und Maike blickten angestrengt nach oben.

»Ja, er ist ein bisschen heller, oder?«, stellte Maike fest.

»Exakt. Dahinter ist zum Beispiel einer.«

»Guck mal an …«

Maike wollte noch etwas antworten, als ihr Telefon klingelte. Sie entfernte sich einige Schritte von der Gruppe. Patrick konnte sehen, wie sie einige Zeit nur zuhörte. Dann steckte sie das Telefon wieder weg und kam zu ihnen zurück.

»Gut, besten Dank, Herr Poggemann. Ich denke, wir sind jetzt im Bilde. Wir müssen dann auch.«

Sie gab Patrick ein unmissverständliches Zeichen.

»Es war mir eine Freude, jederzeit wieder.«

Dreiundzwanzig

Es war nicht viel, was Patrick vor sich auf dem Tisch liegen hatte. Einige wenige Fotokopien von Zeitungsartikeln und eine dünne Vorgangsmappe waren alles, was er über die Unglücksfälle am Hüggel finden konnte.

Nach der Rückkehr ins Präsidium hatte ihn Maike beauftragt, alles über die ihnen bekannten Unfälle am Hüggel zusammenzutragen. Nachdem sowohl Poggemann als auch Elbing von diesen Unfällen gesprochen hatten, wollte sie es genau wissen. Diese Aufstellung, so hoffte sie, würde das Bild, das sie von den Geschehnissen in der Gegend haben wollte, abrunden. Darum ging es ihr.

Zunächst war er in den Datenbanken der Polizei unterwegs gewesen, wo aber nur wenig zu finden war. Also war er in das Archiv hinabgestiegen und hatte sich auf die Suche gemacht. Es war ein Jammer, dass die Altfälle noch längst nicht digital archiviert worden waren, was bei der Finanzlage der Behörde wohl auch nie passieren würde. Vom Aufwand einmal abgesehen. Aber wenn es eine Aufgabe gab, auf die er bei der Polizeiarbeit gut verzichten konnte, dann war es diese.

Wie er schon fast erwartet hatte, war die Ausbeute gering. Lediglich über den Fall von 1990, den Kurt Laser schon erwähnt hatte, gab es eine etwas umfangreichere Akte, die aber seinerzeit schnell geschlossen worden war, weil man auch in diesem Fall von einem Unfall ausgegangen war.

Gerne hätte er mit dem Chef der SoKo über diesen Fall gesprochen, aber Laser war schon außer Haus. Notgedrungen musste er bis morgen warten.

Insgeheim fragte Patrick sich aber schon, wozu dieser Aufwand gut sein sollte. Hoffte Maike wirklich, über diese

Fälle das Verschwinden von Ina aufklären zu können? Für ihn hatte das eine nichts mit dem anderen zu tun. Allein die Tatsache, dass Ina jetzt schon drei Tage verschwunden war, nährte den Verdacht, es hier mit einem anders gelagerten Verbrechen zu tun zu haben. Hierauf sollten sie all ihre Arbeit und Kräfte konzentrieren, statt sich mit der Geschichte eines Waldzugs zu beschäftigen. Bei aller Wertschätzung ihr gegenüber fehlte ihm hier ein wenig das Verständnis.

Trotzdem hatte er anhand der vorhandenen Materialien und Unterlagen eine Aufstellung angefertigt und die Altfälle entsprechend katalogisiert. In Tabellenform vermerkte er das Jahr, den Namen und sonstige prägnante Fakten. Um die Tabelle nicht allzu leer aussehen zu lassen, hatte er sogar Ina Gebauer darin aufgenommen. So kam er inklusive Jakob Hagedorn auf vier Fälle. Vier Personen waren - polizeilich bekannt - dort am Silbersee zu Tode gekommen, wobei er Ina nur in Gedanken schon mitzählte.

Er schob die Tastatur von sich weg und blies die Backen auf. Das führte doch zu nichts. So gerne er mit Maike zusammenarbeitete, so sehr wünschte er sich jetzt in das Team der Sonderkommission. Die Spurenlage im Fall Gebauer war derart dünn, dass es fast einer Herausforderung glich, mit den wenigen Anhaltspunkten zu Ergebnissen zu kommen. Trotzdem lag ihm das mehr, wie er sich eingestand.

Seine Chefin, wie er Maike scherzhaft nannte, war nicht da. Ohne weitere Info war sie sofort wieder aufgebrochen. Er vermutete, dass es etwas mit dem Anruf von Laser zu tun hatte, den sie entgegengenommen hatte, als sie da im alten Kalksteinbruch gewesen waren.

Er fuhr den Rechner runter und beschloss, bei der Mannschaft der SoKo vorbeizuschauen. Vielleicht gab es dort etwas Sinnvolles für ihn zu tun.

Vierundzwanzig

Der Weg nach Lienen führte Maike an endlos weiten Feldern vorbei, auf denen die Bauern ihr Tagwerk verrichteten. Auch sie konnten es scheinbar nicht erwarten, endlich mit der Arbeit zu beginnen.

Ein zumindest vom Wetter her schöner Tag, der nicht nur ihr nach diesem langen, grauen Winter gutgetan hatte, ging zu Ende. Die Sonne stand tief und schien ihr ins Gesicht, sodass sie dem Straßenverlauf trotz Sonnenblende mitunter nur schwer folgen konnte. Die Straße von Bad Iburg nach Lienen war tückisch, enge Kurven wechselten sich mit geraden Passagen ab.

Der Verkehr war wie immer zähflüssig, wenn es um diese Zeit aus der Stadt ins Umland ging. Bei jeder dieser Fahrten wunderte sie sich über die hohe Zahl an Pendlern, die täglich in die Stadt drängten, und bedauerte die Anwohner der Ausfallstraßen, die diesem tagtäglichen Wahnsinn ausgesetzt waren.

Maike befand sich auf dem Weg zu Heinz Oberhaus. Ihr lange pensionierter Kollege war über Jahrzehnte für die kleine Wache in Hagen tätig gewesen und hatte so nicht nur das Anwachsen der Gemeinde miterlebt, sondern auch viele Einwohner aufwachsen sehen. Man übertrieb wohl nicht, wenn man sagte, dass er womöglich fast jeden der älteren Einwohner mit Namen kannte.

Der Tipp ihn aufzusuchen, war von Kurt Laser gekommen. Als er sie im alten Steinbruch angerufen hatte, hatte sie ihm erst überhaupt nicht folgen können, bis sie verstanden hatte, dass er ihr seinen alten Kollegen als weiteren Ansprechpartner empfehlen wollte.

Mit ihm, so Laser, hatte er damals, beim letzten Unfall, zusammengearbeitet. Wenn, so seine Annahme, einer die Menschen in Hagen und das Gelände kannte, dann der ehemalige Leiter der kleinen Polizeiwache. Vielleicht würde ihr das helfen.

Für jede Hilfe dankbar, gerade nach dem interessanten Gespräch mit Poggemann, hatte sie ihn vom Büro aus angerufen und ein angenehmes kurzes Gespräch mit ihm geführt. Sehr gerne war er bereit gewesen, sie kurzfristig zu empfangen und mit ihr zu sprechen.

Das hatte sie sich nicht zweimal sagen lassen und sich gleich auf den Weg gemacht.

Jetzt war sie kurz vor Lienen und nicht mehr sicher, ob ihre Idee richtig gewesen war. War es nicht Zeitverschwendung, sich an uralten Fällen abzuarbeiten, statt sich am aktuellen einzubringen? War ihr Interesse an diesen Fällen wirklich ein Grund, oder war es mehr der Antrieb, überhaupt irgendetwas zu tun?

So sehr sie sich bemühte, eine Verbindung zwischen den Altfällen und Ina herzustellen, wollte ihr genau das nicht gelingen. Es war auch absurd. Andererseits half es ihr auch nicht, nur im Büro zu sitzen und nichts zu tun.

Die Arbeit der Sonderkommission konnte sie nur bedingt unterstützen, da waren gute Leute am Werk. Auf Kurt war Verlass. Solange sie sich, auf welche Art auch immer, mit dem Hüggel beschäftigte, tat sie etwas für Ina. Davon war sie überzeugt.

Und je mehr sie über das Gebiet und die bisherigen Vorkommnisse erfuhr, desto stimmiger wurde ihr Bild von einer Gegend, die sie bis jetzt so gut wie gar nicht gekannt hatte. Auch das könnte vielleicht einmal ein Vorteil sein.

Ganz sicher würde Oberhaus ihr dabei helfen können, die

Leute aus Hagen besser zu verstehen. Das alleine war beinahe schon Grund genug, sich auf den Weg zu machen.

Zuletzt hegte sie die leise Hoffnung, von einem Außenstehenden vielleicht Dinge zu erfahren, die ihre Kollegen gar nicht wussten, oder sogar Hilfe eines ehemaligen Kollegen bei der Suche nach Ina zu bekommen.

* * *

Sie passierte den schönen Ortskern, dessen enge Durchfahrt ihr einige Mühe bereitete, als ihr unvermittelt ein für den kleinen Ort viel zu großer Lkw entgegenkam. Am Ortsausgang hielt sie sich links. Nach wenigen Kilometern tauchte zur Linken das Haus auf, in dem Oberhaus lebte.

Sie parkte auf dem Grünstreifen und stieg aus. Kaum am Tor angekommen, kam ihr ein älterer Mann entgegen, der ihr fröhlich zuwinkte. Seine Worte konnte sie nicht verstehen, weil just in dem Augenblick ein Lkw an ihr vorbeifuhr.

»Guten Tag, Sie sind sicher Frau Wasmuth«, wiederholte der Mann, als er vor ihr stand.

»Ganz genau, Maike Wasmuth. Guten Tag«, antwortete Maike und ergriff die ausgestreckte Hand zum festen Händedruck.

»Ich bin Heinz Oberhaus. Schön, mal wieder eine Kollegin zu treffen. Und dazu noch eine so ausgesprochen gutaussehende«, meinte er freundlich lächelnd.. »Wenn es Ihnen nichts ausmacht, gehen wir in den Garten. Meine Frau lässt mich im Haus nicht mehr rauchen. Können Sie sich das vorstellen? Da ist man dreiundfünfzig Jahre verheiratet und dann so etwas.«

Er lachte und Maike war sich schon jetzt sicher, mit ihrem Besuch die richtige Entscheidung getroffen zu haben.

Seine Art gefiel ihr.

»Oder ist es Ihnen zu kalt? Frauen frieren ja immer schnell. Meine Tochter auch. Selbst bei dreißig Grad im Schatten geht sie nicht ohne Strickjacke aus dem Haus.«

Er unterstrich seine Worte mit großen Gesten. Maike musste schmunzeln. »Nein, nein. Es ist schon in Ordnung.«

Zum Glück trug sie ihre Jacke, denn wenn die Sonne gleich unterging, würde es merklich kühler werden.

Im Garten ging Oberhaus zu einer überdachten Sitzecke, in der hölzerne Gartenmöbel und eine Hollywoodschaukel standen. In der Ecke befand sich ein kleiner Heizlüfter, bei dessen Anblick Maike innerlich schmunzeln musste. Wer hier wohl fror …

»Nett haben Sie es hier«, stellte sie fest, als sie vom Garten aus die Landschaft betrachtete.

»Ja, da haben Sie Recht. Wahrlich kein schlechter Ort, um seinen Lebensabend zu verbringen, oder?«

Oberhaus ließ sich auf einem Stuhl nieder und nahm ein Etui vom Tisch, aus dem er eine Zigarre hervorholte. Er schnitt die Spitze ab und wollte sie sich gerade anstecken, als er innehielt. »Wenn es Sie nicht stört?«

Maike winkte ab. »Keineswegs, nur zu.«

Sie übersah seinen Patzer, ihr keinen Platz zugewiesen zu haben, und setzte sich ihm gegenüber auf die Bank.

Voller sichtbarer Vorfreude führte er die Zigarre zum Mund und begann sie mit einem regelrechten Ritual anzuzünden. Er paffte einige Züge und blies dichten Rauch unter das Dach, wo sich dieser in dünnen Wolken um die Lampe verteilte.

Genüsslich sank er in seinen Stuhl. »Jetzt bin ich ganz Ohr«, sagte er. »Sie haben es am Telefon ja richtig spannend gemacht. Wie kann ich Ihnen helfen?«

Maike drückte ihren Rücken durch und suchte nach dem richtigen Einstieg.

Sicherlich hatte er vom Verschwinden von Ina gehört. Sie wollte aber nicht gleich mit der Tür ins Haus fallen, also entschied sie sich für einen unverfänglichen Anfang.

»Ich würde mit Ihnen gerne über den Silbersee und den Hüggel sprechen.«

Das war sogar die Wahrheit. Sie wollte nun einmal mehr über dieses Gebiet wissen und dabei nicht nur auf Interneteinträge und Literatur zurückgreifen. Von Poggemann hatten sie schon sehr viel erfahren, er war schließlich Experte. Aber was die Unfälle betraf, ging es ihr um Fakten und nicht um das Hörensagen Einheimischer. Und wenn die jemand kannte, dann wohl Oberhaus.

Als würde er sie durchschauen, verengten sich für einen fast unmerklichen Moment seine Augen, nur um sofort wieder den alten freundlichen Ausdruck anzunehmen.

»Meine Liebe, Sie kommen nicht extra nach Lienen, um sich mit mir über den Hüggel zu unterhalten. Ihr Besuch hat etwas mit der Frau zu tun, die seit Sonntag vermisst wird. Dieser Gebauer, stimmt´s?«

Maike stöhnte innerlich auf und fühlte sich ertappt. Wie hatte sie annehmen können, dass ihr Kollege nicht sofort diese Verbindung herstellen würde? Wenigstens kam sie so umhin, ihm etwas vorspielen zu müssen.

»Auch, ja«, meinte sie ehrlich. »Aber das ist nicht der Hauptgrund meines Besuches. Es hat dort in den letzten Jahren mehrere Unfälle gegeben. Sie sind es, die mich interessieren.«

»Warum?«, fragte er unumwunden.

»Ich kann es nicht sagen, aber ich habe die leise Hoffnung, dass die Fälle uns bei der Suche nach Ina Gebauer weiterhelfen. Vielleicht gibt es Ecken, die meine Kollegen nicht kennen und die als Versteck meiner Freundin infrage kommen. Sicherlich eine kühne These, aber ich will mir nicht vorwerfen, nicht jeden Versuch unternommen zu haben. Wenn Sie verstehen, was ich meine.«

Sie sah ihn gespannt an. Würde er sie für verrückt halten oder ihr Verständnis entgegenbringen? Insgeheim rechnete sie mit ersterem und erwartete, dass er gleich in schallendes Gelächter ausbrechen und sie fragen würde, wie sie denn nur auf so etwas kommen könnte.

Doch Oberhaus lachte nicht. Stattdessen streifte er übertrieben lange seine Asche ab und musterte sie.

»Ina Gebauer ist Ihre Freundin?«

»Freundin ist vielleicht übertrieben. Wir sind zusammen zur Schule gegangen.«

Er nickte versonnen. »Und Sie glauben an eine Verbindung zwischen den Fällen?«

Maike stutzte. Von einer Verbindung hatte sie doch gar nicht gesprochen. »Es ist mehr eine Hoffnung denn Glauben«, gab sie ehrlich zu.

Er zog an seiner Zigarre und blies langsam den Rauch aus. Dabei nickte er bedächtig.

»Ich kann Sie verstehen, Frau Kollegin. Durchaus. Sagen Sie mir, was wissen Sie über die alten Fälle?«

Mit dieser Frage erwischte er sie auf dem falschen Fuß. Bisher wusste sie nur das, was Poggemann ihr erzählt und das wenige, was sie von Kurt erfahren hatte. Beides war nicht viel.

»Ich kenne die Geschichte von Jakob Hagenkord, der 1940 dort ums Leben kam. Ansonsten bin ich gerade dabei, mich einzuarbeiten«, gestand sie freimütig.

»Verstehe.«

Oberhaus zog wieder an seiner Zigarre und gewann so Zeit. Maike sah ihm an, dass es in ihm arbeitete.

»Haben Sie das vom alten Hagenkord, oder wer hat Ihnen das erzählt? Das mit Jakob«, fragte er schließlich.

»Nein. Wir haben uns mit Herrn Poggemann getroffen. Im Laufe des Gesprächs hat er es erwähnt.«

Oberhaus lachte kurz auf. »*Der* Poggemann? Hat er Ihnen bei der Gelegenheit auch die Mär erzählt, man könnte tagelang durch die Stollen laufen, ohne Tageslicht zu sehen?«

Maike entglitten für einen Moment die Gesichtszüge. Perplex sah sie ihn an. »Stimmt das denn nicht?«

»Ach was.« Er winkte belustigt ab. »Dieses Märchen tischt er jedem auf, dem er vom alten Bergwerk erzählt. Es klingt gleich viel dramatischer und verschweigt, dass es genau genommen nur ganz wenige Stollen gibt, die überhaupt noch zu begehen sind. Aber so hat er einen guten Grund, von zu Hause wegzukommen. Das ist das Geheimnis. Dabei profitiert er davon, so ziemlich der Einzige zu sein, der sich regelmäßig dort unten aufhält. In Hagen weiß das eigentlich jeder. Der Hüggel ist ja nicht das Ruhrgebiet. Es gab damals einige Stollen, das schon, aber die waren alle nicht sehr lang.«

Oberhaus lächelte verständnisvoll. »Es tut mir leid, Ihnen das sagen zu müssen, aber Sie sind ihm glatt auf den Leim gegangen. Wie so viele andere vor Ihnen. Poggemann macht sich gerne einen Spaß daraus, Ortsfremde auf den Arm zu nehmen.«

Maike wünschte sich auf der Stelle ein tiefes Loch, um darin zu versinken. Das konnte doch nicht sein. Zum zweiten Mal innerhalb weniger Tage war sie böse reingefallen. Ein Anruf bei der Gemeindeverwaltung hätte genügt, um mehr über das Areal zu erfahren, und sie musste einem alten Geschichtenerzähler aufsitzen.

»Aber wir waren in den Stollen. Mein Kollege und ich. Mit Poggemann«, versuchte sie eine Rechtfertigung. »Sie sind zugänglich.«

»Ja, ja, das sagte ich doch. Es gab und gibt dort Stollen. Aber Poggemann war mit Ihnen sicher nur einige Meter im ausgebauten Besucherstollen, oder?«

Sie nickte matt. »Weit waren wir nicht drin, das stimmt.«

»Sehen Sie«, dozierte er, »es gibt dort einen längeren Stollen, der gewissermaßen einmal rund um den Silbersee führt. Der ist zu begehen und wird auch regelmäßig von Experten begutachtet. Man kann dort wohl uralte Gesteinsschichten sehen und Dinosaurierspuren und so ein Zeugs. Ich war nur einmal dabei, es hat mich nie wirklich interessiert. Wenn man aber dort reingeht, meint man, der Tunnel wäre wirklich unendlich. Aber das ist eben nur einer von wenigen, die noch zugänglich sind. Das ist der Trick, den Poggemann anwendet. Sie sind nicht vom Jägerberg aus zum Silbersee gegangen, richtig?«

Maike dachte nach. Von wo waren sie noch gekommen? Hatte auf dem Schild nicht was mit Jägerberg gestanden? »Doch, sind wir. Wir haben auf dem Wanderparkplatz gehalten und sind von dort aus zum See gegangen.«

»Dann hat er es wieder verstanden, Sie an den Schildern vorbeizulotsen«

Maike verstand nicht.

»Sehen Sie, der Jägerberg ist ein Treffpunkt für geführte Wanderungen durch den Hüggel. Die Naturfreunde laufen da regelmäßig durch. Und dort stehen auch Hinweisschilder, die Ihnen einiges mehr über das alte Bergwerk erzählen können.

Poggemann ist ein lieber Kerl, aber dann und wann geht

seine Phantasie mit ihm durch.«

»Na prima …« Maike überlegte, was der alte Heimatkundler ihr noch alles erzählt hatte. Was davon war denn noch an den Haaren herbeigezogen gewesen?

Sie beobachtete Oberhaus, der entspannt in seinem Stuhl saß und seine Zigarre betrachtete. Der Rauch, der um den Mann waberte, verlieh ihm etwas Gemütliches.

»Hat Poggemann«, sagte er unvermittelt, »Ihnen auch erzählt, wie die Einheimischen das Gelände am Silbersee nennen?«

»Nein, hat er nicht.«

Erstaunt zog er seine Augenbrauen hoch. »Hat er nicht? Hm, normal ist das auch so eine Lieblingsgeschichte von ihm. Aber egal, wir kommen vom Thema ab. Sie erwähnten, er habe Ihnen von dem Tod des jungen Hagenkord erzählt. Was hat er Ihnen gesagt? Wie kam Jakob ums Leben?«

Maike rief sich die Worte von Poggemann ins Gedächtnis. Jetzt würde sich zeigen, was für Geschichten er noch zum Besten gegeben hatte.

»Sie waren damals mit mehreren Jungs am Silbersee. Es war wohl ein beliebter Spielplatz, fast alle hätten dort gespielt. Plötzlich ist Jakob in den Stollen gegangen und nicht wieder herausgekommen. Erst hätten sie ihn allein gesucht, später wäre das ganze Dorf dorthin gekommen, um ihn zu suchen. Leider ohne Erfolg. Jakob wurde bis heute nicht gefunden.«

Der alte Polizist hörte aufmerksam zu. »Die alte Geschichte … mehr hat er nicht erzählt?«

Ihr schwante, dass Poggemann ihr bei dieser Geschichte auch wieder einen Bären aufgebunden hatte. Angesichts der Ernsthaftigkeit der Lage zwar ein schlechter Scherz, aber manche Leute waren eben so. Sie machten sich einen Spaß daraus, andere zu veräppeln.

»Nein, wieso? Stimmt das etwa auch nicht?«, fragte sie vorsichtig.

»Doch, doch, es stimmt«, beeilte er sich zu sagen. Dann machte er eine Pause. »In Teilen.«

Maike horchte auf. »In Teilen?«

Wieder sah er sie lange unschlüssig an.

»Ich denke«, sagte er schließlich, »es ist Zeit für die Geschichte. Ich bin ein alter Mann, wissen Sie, und ich möchte sie ungern mit ins Grab nehmen. Ich glaube, bei Ihnen ist sie in guten Händen.«

Maike konnte nicht folgen. Mit was kam er denn jetzt um die Ecke? So geheimnisvoll wie ihr Kollege tat, schien es etwas Gewaltiges zu sein.

»Was ich Ihnen erzählen möchte, mag sich verrückt anhören«, machte er es weiter spannend. »Aber nach allem, was ich weiß, hat sich die Sache damals wirklich so zugetragen. Mit niemandem aus unseren Kreisen habe ich in all den Jahren darüber gesprochen - bis heute. Die Meisten hätten mir sowieso nicht geglaubt und die Alten hier in Hagen kennen die Geschichte sowieso. Ihnen aber, die Sie auf der Suche nach Ihrer Freundin sind, will ich sie erzählen. Ich bin mir nicht sicher, ob es Ihre Freundin rettet, aber zumindest werden Sie einige Menschen besser verstehen.«

Maike hatte immer noch Mühe, ihrem Gegenüber zu folgen, machte aber keine Anstalten, ihn zu unterbrechen. Sie lehnte sich zurück und schlug die Beine übereinander. Ihr Blick ging nach links, wo einige Getränkeflaschen in einem Halter standen. »Darf ich?«, fragte sie und deutete auf eine Wasserflasche.

»Bitte, nur zu!«, ermunterte er sie und wollte gerade aufstehen, als Maike ihm mit einer Handbewegung beschied, sich selbst bedienen zu wollen. Sie griff sich die Flasche und ein danebenstehendes Glas.

»Sie machen mich neugierig, Herr Kollege«, meinte sie, als sie einen Schluck getrunken hatte.

Oberhaus lächelte. »Das denke ich mir. Aber ich will Sie nicht weiter auf die Folter spannen.«

Er drückte die Zigarre aus und stellte den Ascher auf die Seite. Bevor er weitersprach, machte er es sich in seinem Stuhl gemütlich.

»Jakob Hagenkord ist damals verschwunden, insofern hat Poggemann schon Recht. Aber es stimmt nicht, dass mehrere Kinder dabei waren.«

Er machte eine Pause und beobachtete ihre Reaktion.

»Es waren damals mehrere Kinder am See, auch das stimmt. Was Poggemann aber verschwiegen hat, ist, dass sich einige der Kinder schon wieder auf den Heimweg gemacht haben und vier Jungs länger am See geblieben sind. Diese vier waren Poggemann, Ehlentrup und die beiden Hagenkords.«

»*Der* Ehlentrup?«, fiel sie ihm ins Wort. »Heinrich Ehlentrup, der Bauer?«

Oberhaus nickte. »Genau der. Ihrer Reaktion entnehme ich, Sie kennen ihn?«

»Ich hatte das zweifelhafte Vergnügen, ja. Wir haben uns kurz mit ihm unterhalten, allerdings war dieser Versuch nicht sehr ergiebig. Ehlentrup war, sagen wir mal, kurz angebunden.«

»Kann ich mir vorstellen«, bemerkte er geflissentlich lächelnd. »Er war immer schon ein komischer Kauz. Mit Leuten aus der Stadt hat er seine besonderen Probleme.

Man muss ihn zu nehmen wissen. Naja … kommen wir zurück zur Geschichte. Nach einiger Zeit machte sich auch Poggemann auf den Weg nach Hause und traf dabei auf Ehlentrup Senior, Heinz Ehlentrup. Dieser kam ihm entgegen, ging also in Richtung See. Poggemann war neugierig, weil sich Heinrichs Vater merkwürdig verhielt. Also machte er auch wieder kehrt und hockte sich hinter einen Baum. Von dort sah er, wie Heinz Ehlentrup erst seinen Sohn und August wegschickte, ehe er sich Jakob zuwendete. Was dann geschah, ist nicht gesichert, aber es heißt übereinstimmend, dass der alte Ehlentrup mit Jakob in den Stollen ging. Seit dem Tag ist Jakob Hagenkord spurlos verschwunden.«

Maike traute ihren Ohren nicht. Was Oberhaus ihr da erzählte, bot Stoff für eine ausgeprägte Räuberpistole.

»Sie wollen mir doch nicht erzählen«, fragte sie vorsichtig, »dass Poggemann und Ehlentrup Zeuge eines Mordes wurden, der bis heute nirgends erwähnt wird?«

Oberhaus antwortete nicht, sondern setzte nach. »Frau Wasmuth, Hagen ist ein Dorf. Wenn man, wie ich, Jahrzehnte dort arbeitet, lernt man die Menschen kennen. Man baut zu den Leuten eine besondere Beziehung auf, kennt ihre Macken und Gewohnheiten und so weiter und so fort. Dann und wann erfährt man aber auch Dinge, die man besser nicht erzählt.

Was zum Beispiel auf einem runden Geburtstag alles zum Besten gegeben wird, wenn genügend Alkohol geflossen ist, können Sie sich gar nicht vorstellen.

Ich kenne die Geschichte von Poggemann auch, das ist die offizielle, die er immer erzählt. Ich weiß aber, dass die andere sich so zugetragen hat.«

»Von wem? Hagenkord? Ehlentrup?«

Wieder dieses gefällige Lächeln. »Ehlentrup wäre nie so töricht, das Andenken seines Vaters zu zerstören. Zudem hat sein Name in Hagen viel zu viel Gewicht. Es spielt auch keine Rolle, glauben Sie mir einfach, das es so gewesen ist.«

Sie konnte es aber nicht glauben, denn wenn das stimmen würde, hätte ihr Kollege in all den Jahren einen Mord gedeckt.

»Wann ist der alte Ehlentrup gestorben?«, fragte sie vorsichtig, um ihn nicht zu früh über ihren Verdacht ins Bild zu setzen.

»Oh, Frau Kollegin, ich weiß, worauf Sie hinauswollen«, lächelte er spitzbübisch. »Ehlentrup ist lange vor meinem Dienstantritt gestorben. Selbst wenn ich gewollt hätte, ich hätte ihn nicht mehr belangen können.«

»Das konnte ich mir auch schwer vorstellen«, sagte Maike ehrlich. »Ich verstehe das nur nicht. Gut, dass Poggemann uns gegenüber das nicht brühwarm erzählt - geschenkt. Aber wieso dann diese Legende?«

Sein Gesicht wurde ernster. »Frau Wasmuth, Sie müssen ihn da verstehen. Als die Geschichte passierte, war er noch ein Kind. Es war sein Weg, damit fertig zu werden. So wie ich ihn kenne, tut er es weniger, um seine alten Freunde zu decken. Er kann mit dieser Version am besten leben, das ist alles.«

Maike verstand, schüttelte aber dennoch ihren Kopf. Sie trank einen Schluck und drehte ihr Glas in der Hand.

»Aber warum? Warum hat der alte Ehlentrup Jakob umgebracht?« Sie sah ihn eindringlich an. »Ich wette, Sie kennen den Grund, oder?«

Oberhaus nickte. »Weil er im Weg war, darum.«

»Im Weg?«, fragte sie ungläubig. »Wie meinen Sie das?«

»Jakob Hagenkord war der uneheliche Bruder von Heinrich Ehlentrup.«

»Was?« Maike glaubte sich verhört zu haben. »Das glaube ich nicht.«

Aber er blieb dabei. »Aber es stimmt. Nach allem, was man weiß, war der alte Ehlentrup kein Kind von Traurigkeit. Er war damals einer der größten Bauern hier im Ort. Schon zu seinen Lebzeiten sagte man ihm nach, er hätte weit mehr Kinder als die drei, die bei ihm auf dem Hof lebten. Zu denen gehörte auch Jakob, der aus einer Liebelei mit Augusts Mutter entsprang, die seinerzeit bei ihm auf dem Hof arbeitete.

Damals galt aber das ungeschriebene Gesetz, wonach jeder Hof an den ältesten Sohn übergeben wurde. Das ist Ihnen sicherlich bekannt. Jakob stand in der Rangfolge aber vor Heinrich, der zwei Jahre jünger war. Aus dieser Zwickmühle sah Heinz Ehlentrup offenbar nur einen Ausweg, nämlich Jakob beiseitezuschaffen, denn an die Stelle von Heinrich konnte er ja schlecht treten. Es hätte einen Riesenskandal gegeben, wenn die Geschichte herausgekommen wäre. Nach dem Verschwinden von Jakob war die Reihenfolge wieder hergestellt.«

Maike war anders geworden. Einen Augenblick lang fühlte sie sich wie benommen. Sie hatte keinen Grund, die Geschichte anzuzweifeln, so unglaublich sie auch war. Möglich war das Ganze, aber was hieß das für das Hier und Jetzt? Was hieß das in Bezug auf Ina?

»Wie geht August Hagenkord damit um?«, schlug sie den Bogen zur Gegenwart. »Wieso hat er all die Jahre geschwiegen? Wusste er, wussten die anderen, dass Jakob nur sein Halbbruder war?«

»Das kann ich Ihnen nicht sagen. Die Vermutung liegt

nahe, aber genau weiß das keiner. Ich kann nicht einmal sagen, ob Ehlentrup und Jakob sich als Kinder ähnlich gesehen haben. Und warum er geschwiegen hat? Vielleicht hat er sich gesagt, als Kind würde man ihm sowieso nicht glauben. Ein Punkt war aber sicherlich auch, dass sein Vater im Krieg geblieben ist und seine Mutter und er wahrlich andere Sorgen hatten.«

»Aber sein Bruder ist ermordet worden. Da geht man doch nicht zur Tagesordnung über!«, kam sie nicht über diesen Punkt hinweg. »Wie konnte er all die Jahre immer wieder Heinrich Ehlentrup über den Weg laufen?«

»Wie gesagt, ich weiß es nicht. Wahrscheinlich hat es damit zu tun, dass die Ehlentrups den Hagenkords Land überlassen haben.«

»Ehlentrup hat sich das Schweigen erkauft?«

»So kann man das sagen, ja. Der Hof samt Ländereien, auf dem Hagenkord heute wohnt, wurde der Familie seinerzeit vom alten Ehlentrup vermacht. Im Übrigen ein untrügliches Zeichen, dass an der Geschichte etwas dran sein muss. Sonst hätte sich Heinz Ehlentrup nie zu so einer Geste hinreißen lassen, dazu war er viel zu knauserig.«

Maike fuhr sich durch die Haare. Sie wollte von Oberhaus mehr über den Hüggel erfahren. Dass sie mit dem Wissen über ein solches Verbrechen nach Hause fahren würde, hätte sie nicht einmal im Traum zu denken gewagt.

»Wieso haben Sie mir das erzählt, Herr Oberhaus? Wieso vertrauen Sie mir?«, stellte sie die Frage, die ihr im Kopf herumschwirrte.

»Weil die Geschichte erzählt werden musste und ich sie bei Ihnen in guten Händen weiß, was auch immer Sie mit dem Wissen jetzt anfangen. Und außerdem sind Sie in all den Jahren die erste Kollegin, die sich an mich erinnert und die mich um Rat fragt.«

Maike verstand. Es fiel ihm scheinbar wirklich schwer, diese Geschichte mit ins Grab zu nehmen.

»Dann danke ich Ihnen. Auch wenn ich in diesem Moment wirklich nicht weiß, was ich damit anfangen soll.«

Oberhaus lächelte. »Das kann ich mir denken. Aber das wird sich noch zeigen, ganz sicher.«

Sie erhob sich und trat aus dem Unterstand ins Freie. Jetzt erst merkte sie, wie kühl es in der Zwischenzeit geworden war. Lange musste sie hier gesessen haben.

Als sie mit Oberhaus um das Haus herumging, fragte sie ihn: »Poggemann sagte so einen komischen Satz, als wir bei ihm waren. Er meinte, wenn der Hüggel nicht will, gäbe er niemanden mehr her, oder so ähnlich. Wie hat er das gemeint? Spielte er auf diese Sache an?«

»Ich glaube nicht. Diesen Ausspruch kenne ich auch. Er stammt aus der Zeit, in der intensiv Erz und Silber im Hüggel abgebaut wurden. Das muss über hundert Jahre her sein. Damals gab es wohl den einen oder anderen Unfall, wie in jedem Bergwerk. Da machte dieser Spruch die Runde.«

»Achso.«

Sie erreichten ihren Wagen und Maike wollte sich gerade von Oberhaus verabschieden, als ihr noch etwas einfiel. »Ach, eine Sache noch. Sie fragten mich vorhin, ob ich wüsste, wie die Einheimischen das Gelände am Silbersee nennen.«

»Ach ja, stimmt. Das hatte ich ganz vergessen.« Er tippte sich an die Stirn. »Bluthügel. Seit der Geschichte mit Jakob nennen sie es den Bluthügel.«

Fünfundzwanzig

Unruhig geisterte Maike durch ihre Wohnung.

Von Lienen aus war sie gar nicht erst im Büro vorbeigefahren, sondern hatte von zuhause versucht Patrick zu erreichen, was ihr aber nicht gelungen war. So wichtig, um ihn in seiner Freizeit zu stören, war es ihrer Meinung nach aber auch nicht, weshalb sie es dabei beließ und bis morgen warten wollte.

Das Gespräch mit Oberhaus wirkte noch immer nach. Gerade als sie ihren Wagen auf dem Stellplatz hinter ihrem Haus abgestellt hatte, fiel ihr ein, dass sie über den eigentlichen Grund ihres Besuches komplett hinweggegangen waren. Sie hatte mit Oberhaus doch über die anderen Unfälle sprechen wollen. Sicherlich hatte er dazu auch noch Informationen, nachdem was er ihr schon zum Verschwinden von Jakob Hagedorn erzählt hatte. Sie beschloss, ihn morgen noch einmal vom Büro anzurufen.

In ihr arbeitete es, sie war richtig aufgewühlt. Sie hatte nicht den leisesten Zweifel an der Richtigkeit der Geschichte. Ihr ging vielmehr durch den Kopf, wie es eine so alte Angelegenheit über all die Jahre geschafft hatte, gewissermaßen stillschweigend im Ort zwar weitergegeben, aber nicht entsprechend verfolgt zu werden.

Sie war jetzt knapp vierzehn Jahre bei der Polizei. Ab und an hörte sie von derlei Geschichten, aber nie hätte sie es für möglich gehalten, dass sie selbst so nah an einer dran sein würde.

Maike erinnerte sich beispielsweise an einen bayerischen Dozenten, der von solchen Dingen gesprochen hatte. In kleinen Dörfern, so seine Meinung, gab es die eine oder andere uralte Begebenheit, die oft sogar von Generation zu

Generation weitergegeben wurde. Kein Außenstehender würde je etwas davon erfahren, es wäre sozusagen eine ureigene Angelegenheit der betroffenen Familien.

Nun kannte sie die Bayern als ohnehin sehr traditionelles Volk, das Werte ganz besonders hochhielt. Da verwunderte sie das nicht weiter. Aber hier in Niedersachsen?

Schon auf der Rückfahrt hatte sie die Frage beschäftigt, ob und wie sie mit Hagenkord und Ehlentrup darüber sprechen sollte. Vor allem das *Ob* machte ihr zu schaffen. Oberhaus, als langjähriger Dorfpolizist, hatte nach seinen Worten die Geschichte auf sich beruhen lassen. Sollte sie jetzt in den alten Kamellen rühren? Brachte sie das in irgendeiner Form weiter?

Natürlich stand bei ihren Überlegungen auch immer wieder Ina im Vordergrund. Deren Verschwinden hatte mit dem Fall Jakob Hagenkord nicht das Geringste zu tun, davon war sie überzeugt. Außer der Örtlichkeit gab es keine Gemeinsamkeiten und selbst dieser Zufall spielte für Maike keine Rolle. Ina war eine junge, nicht unattraktive Frau. Da lagen ganz andere Motive weit näher.

Das letzte derartige Verbrechen in der Region lag viele Jahre zurück, wie Kurt Laser richtig angemerkt hatte. Da war es schon statistisch gesehen naheliegender, es hier mit einem herkömmlichen Kapitaldelikt zu tun zu haben, zumal es bis heute keine Lösegeldforderung gab, weshalb eine Entführung auch nahezu ausgeschlossen werden konnte.

Sie musste an Mats denken. Er tat ihr leid.

Er meldete sich zwar nicht stündlich bei ihr, aber doch in regelmäßigen Abständen. Oftmals ging sie gar nicht erst ans Telefon. Was sollte sie ihm auch sagen? Sie wusste um seine Verfassung. In den letzten zwei Tagen hatte er merklich abgebaut, was alleine schon gegen eine Täterschaft von ihm sprach, die überhaupt nur routinemäßig zur Sprache gekommen war.

Maike war kurz davor, sich die Laufsachen anzuziehen, um bei einer Laufrunde zu versuchen, einen klaren Kopf zu bekommen, als ihr Telefon klingelte. Erst wollte sie es ignorieren, weil sie wieder einen hilfesuchenden Ehemann am anderen Ende erwartete, dann sah sie doch nach. Es war nicht Gebauer; Sellberg rief an.

»Ich glaube, wir sollten uns mal treffen«, sagte er. »Mir ist da eine Ahnung gekommen, über die ich ungern am Telefon sprechen möchte. Kannst du für morgen Abend einen Tisch in unserem Lokal reservieren?«

»Klar. Aber wieso kommst du nicht heute Abend noch vorbei? Ich bin zuhause und könnte jemanden zum Reden brauchen.«

»Würde ich gerne, Maike, ganz bestimmt. Aber ich habe noch eine Verabredung mit einem Bekannten in Münster. Die möchte ich ungern absagen.«

»Verstehe …«, erwiderte sie und fühlte sich dennoch mit einem Mal allein.

Teil 4

Mittwoch

Sechsundzwanzig

Kurt Laser saß über Akten gebeugt und auf seinem Bleistift kauend an seinem Schreibtisch, als Maike das Büro betrat. Sie kannte diese Marotte. Zu gerne malte er in Kopien von Ermittlungsakten und Berichten herum. Es war seine Art, Gedanken niederzuschreiben und zu ordnen.

»Ah, Maike, guten Morgen. Bitte setz dich doch. Ich bin sofort bei dir …«

Sie setzte sich und schaute ihm bei der Arbeit zu.

Auch er sah abgekämpft aus, in dem Punkt konnten sie sich die Hände reichen. Bestimmt war es gestern wieder spät geworden, was sie nicht überraschte. Kurt war niemand, der auf die Uhr sah. Diese Angewohnheit hatte auf seine Mannschaft abgefärbt. Zwar gab es auch bei ihm im Team einige, die einen geregelten Feierabend pflegten, aber nicht wenige passten sich ihrem Chef an.

So ganz verstand sie nicht, warum er so hart gegen sich selbst war. Selbst der größte Fall wurde nicht kleiner, wenn man statt neun Stunden zwölf arbeitete. Irgendwann ließ zwangsläufig die Konzentration nach, dagegen konnte man sich nicht wehren.

Trotzdem bewunderte sie Laser insgeheim. Wie er es selbst nach einem aufopferungsvollen Tag noch schaffte, Dinge voreinander zu bekommen und auch seine Freundlichkeit nicht zu kurz kommen zu lassen, imponierte ihr. Und über allem stand seine unzweifelhaft große Kompetenz als Kriminalist. Nicht ohne Grund wurde er gerne als Leiter einer neuen Sonderkommission eingesetzt. Es gab wenige Beamte seines Kalibers.

Ein letzter Eintrag, dann legte er den Stift beiseite und klappte die Mappe zu. Sie fand ihren Platz auf einem der

Stapel, die sich immer auf seinem Schreibtisch türmten.

»Und, wie war es?«, wollte er wissen, als er sich zurücklehnte und sie anblickte.

Maike hatte sich nicht getäuscht - Kurt sah fertig aus. Noch nie waren ihr seine dunklen Augenränder so intensiv vorgekommen wie heute. Er sah nicht nur müde aus, er wirkte krank. Richtig krank.

»Maike?«, fragte er nach und holte sie aus ihren Gedanken zurück.

»Entschuldige. Kurt, was ist mit dir?« erkundigte sich Maike voller Sorge.

Laser schüttelte den Kopf. »Ist nur ein bisschen viel in letzter Zeit«, lächelte er matt. »Alles gut. Wie war es bei Oberhaus? Erzähl, wie geht es dem alten Sheriff?«

Sie glaubte ihm kein Wort, aber sammelte sich. »Ich fand gut. Er scheint nicht zu den Rentnern zu gehören, die vor Langeweile umkommen.«

»Tut er auch nicht. Als ich ihn zuletzt gesprochen habe, wusste er gar nicht, mit welchem Hobby er anfangen sollte. Für ihn hat der Tag viel zu wenig Stunden. Hast du seine Frau auch kennengelernt?«

»Nein, habe ich nicht.«

»Eine tolle Frau. Vielleicht ergibt es sich mal. Du musst sie gesehen haben. Ein Wirbelwind, wie er im Buche steht. Wenn man es nicht besser wüsste, würde man sie locker für sechzig halten.«

Er lächelte versonnen, dann wechselte sein Gesichtsausdruck.

»Konnte er dir helfen?«, setzte er nach.

»Doch, absolut«, beeilte sich Maike zu sagen. »War ein prima Tipp von dir.«

Gerade wollte sie fortfahren, als sie innehielt. Wie wahrscheinlich war es, dass Laser die Geschichte kannte? Sollte sie überhaupt davon erzählen? Spielte es eine Rolle?

Andererseits wusste sie, was auch immer sie mit Laser besprach, blieb unter ihnen.

»Ich kenne jetzt jedes Geheimnis dieses Hüggels. Wirklich jedes«, sagte sie und beobachtete ihn. Entweder verstand er die Anspielung nicht, oder er ließ sich nichts anmerken.

»Nur in Bezug auf Ina konnte er mir nicht helfen. Aber das wussten wir ja vorher.«

»Das war in der Tat klar«, stimmte er ihr zu. »Das hast du hoffentlich nicht erwartet?«

»Ehrlich gesagt, doch. Ich hatte die Hoffnung, er würde Ecken oder Geheimgänge kennen, wo man jemanden verstecken könnte.«

Laser schüttelte den Kopf. »Da ist er der Falsche, Maike. Da wirst du andere fragen müssen, die den Hüggel wirklich wie ihre Westentasche kennen. Zumal ein Teil des Hüggels nicht auf Hagener, sondern auf Hasberger Seite liegt. Andere Zuständigkeit, du verstehst?«

»Klar. Aber ich habe wenigstens erfahren, einem Schnacker aufgesessen zu sein.«

Sie sah seinen fragenden Blick und ergänzte: »Ein gewisser Poggemann. Er war so freundlich, uns einen richtigen Bären aufzubinden. Zudem …«, sie zögerte einen kurzen Moment, »hält er es mit der Wahrheit nicht so genau.«

»Sag bloß?!«

Maike nickte. »Er hat Patrick und mich auf den Arm genommen, was die Anzahl und Länge der Stollen angeht. Keine Ahnung, warum, ist aber auch egal. Was mich viel mehr ärgert, ist, dass er uns das Verschwinden von Jakob Hagenkord anders geschildert hat, als es sich zugetragen hat.«

»Inwiefern anders?«, unterbrach er sie.

Maike fasste die Aussagen von Oberhaus kurz zusammen und fügte hinzu: »Für mich war das ein Mord, der nie aufgeklärt oder schlimmer noch, nie verfolgt wurde.«

»Und der fünfundsiebzig Jahre her ist«, unterbrach er sie wieder.

»Richtig. Der aber in unserem aktuellen Fall auf komische Art und Weise mit genau den Leuten zu tun hat, die damals schon beteiligt waren, die zumindest Augenzeugen waren.«

»Zufall. Und überhaupt: wobei Augenzeugen? Wenn ich dich richtig verstanden habe, ist der alte Ehlentrup mit dem Jungen in den Stollen gegangen und alleine herausgekommen.«

Maike sah ihn verdutzt an. »Ja, und? Worauf willst du hinaus?«

»Das halbe Dorf ist doch wenig später durch den Hüggel gelaufen und auch in die Stollen gegangen. Sie haben aber nichts gefunden. Keinen Jakob. Nicht einmal den Hauch einer Spur.«

Er ließ seine Aussage im Raum stehen und sah sie an.

Bei Maike fiel der Groschen. »Du glaubst doch nicht wirklich …?«

Laser nickte. Er zog eine Mappe aus seinem Stapel und hielt sie ihr hin. »Das hat mir Patrick gestern Abend gegeben, beziehungsweise auf den Tisch gelegt. Ich hoffe, du siehst ihm nach, es nicht erst dir gezeigt zu haben.«

»Was ist das?«, wollte sie wissen, während sie den Deckel aufschlug.

»Eine grobe Zusammenfassung der drei bekannten Fälle, die sich am Hüggel zugetragen haben.«

Maike begann zu lesen. Was wollte Laser ihr damit sagen?

»Worauf willst du hinaus?«, fragte sie abermals.

»Ina ist nicht die Erste, die spurlos am Hüggel verschwunden ist.«

Sie blickte auf und alles fing an zu verschwimmen. »Du meinst … Ina und Jakob …? Die Fälle hängen zusammen? Du bist verrückt. Das ist doch unmöglich.«

»Das habe ich nicht gesagt. Aber zwei verschwundene Personen an der gleichen Stelle sind mir ein bisschen viel der Zufälle, auch wenn eine Ewigkeit dazwischenliegt. Ich kenne den Fall Jakob. Oberhaus hat ihn mir auch erzählt, damals, als wir den letzten Fall bearbeiteten.«

»Aber er hat mit niemandem darüber gesprochen, hat er mir gesagt«, widersprach Maike.

»Doch, hat er. Ist jetzt aber auch nicht so wichtig. Aber deshalb weiß ich auch, dass Jakob bis heute verschwunden ist. Nicht den kleinsten Knochensplitter hat man in den Stollen gefunden.«

Laser beugte sich vor und stützte sich auf seinem Tisch auf. Entschlossen sah er sie an. »Ich möchte, dass du Sellberg offiziell mit ins Boot holst und den alten Bauern auf die Füße trittst.«

Siebenundzwanzig

»Und deshalb bist du mit dabei.«

Roman Sellberg sah sie nun schon eine ganze Weile an und schüttelte unablässig den Kopf. Es fiel ihm augenscheinlich schwer, ihr zu folgen.

Nach einem für beide langen Tag saßen sie im *Weinkrüger,* dem gemütlichen Weinlokal in der Altstadt von Osnabrück und ihrem erklärtem Lieblingslokal der Stadt.

Am späten Nachmittag war Sellberg im Präsidium aufgetaucht und hatte sich vor dem Abendessen noch kurz mit Kurt und Maike beraten. Die eigentlich für den Abend geplante Podiumsdiskussion hatte er schon vorher abgesagt. Die Mitarbeit an diesem Fall war ihm jetzt wichtiger als eine abendfüllende, aber im Grunde nichts bringende Schwatzrunde.

Über die Hektik und Beschäftigung des Tages war Maike gar nicht aufgefallen, wie groß ihr Hunger war. Sie hatte nach dem Laufen nur ein Frühstück zu sich genommen, aber das lag eben auch schon etliche Stunden zurück.

Sie stieß ihre Gabel in den Salatteller und spießte gierig mehrere Blätter Rucola auf.

»Das habe ich vorhin schon nicht verstanden, als Kurt davon anfing. Ich sehe beim besten Willen nicht, wie das eine mit dem anderen zusammenhängen soll, aber das muss ja nichts heißen«, sagte Sellberg. »Ich brauche öfters mal ein bisschen länger, um Dinge zu verstehen.«

»Ich halte eine Verbindung zwischen dem Verschwinden von Ina Gebauer und Jakob Hagenkord ja auch für sehr weit hergeholt, wenn nicht sogar für unwahrscheinlich«, stimmte sie mit vollem Mund zu, »aber wer weiß … Kurt meint halt, wir müssen jeder noch so kleinen Spur nachgehen. Und wenn es schon einmal eine vermisste Person an fast der gleichen Stelle gab, ist das durchaus eine ernstzunehmende.«

Roman sah das anders. »Die Verbindung ist nicht nur sehr weit hergeholt, ich halte sie für gar nicht vorhanden. Das ist fünfundsiebzig Jahre her, Maike. Dass die Beteiligten dir überhaupt noch über den Weg laufen können, ist da schon ein Wunder. Da jetzt irgendwas zu konstruieren, nur weil er im Fall Ina scheinbar nicht weiterkommt, finde ich sehr gewagt.«

»Roman, komm schon«, drängte sie ihn, nachdem sie einen Schluck Wein getrunken hatte. »Tu ihm nicht Unrecht. Lass uns wenigstens mit den beiden mal reden, dann sehen wir weiter.«

»Mit wem jetzt reden? Ehlentrup und Hagenkord?«

»Richtig. Wir statten ihnen morgen einen Besuch ab. Ein halber Tag Aufwand. Entweder wir sehen dann klarer oder nicht.«

»Mir soll es recht sein. Allein dir zuliebe.«

»Danke. Übrigens: Was wolltest du mir eigentlich sagen?«

»Was?«

Sie unterbrach ihre Jagd nach Salatblättern und sah ihn an. »Du hast mir gestern gesagt, du hättest etwas, was du mir nicht am Telefon erzählen wolltest, fällt mir gerade ein. Was war das?«

Roman dachte angestrengt nach. »Stimmt, da war was. Aber was?«

»Fällt dir bestimmt gleich wieder ein«, ermunterte sie ihn. »Oder auch erst heute Nacht um halb drei. Das habe ich immer öfters in letzter Zeit.«

»Wir werden alle nicht jünger, alter Mann«, frotzelte sie.

»Pöh. Warte nur, bis du vierzig wirst. Ab da geht es rapide bergab.«

Plötzlich ließ Roman die Gabel sinken und sah sie entgeistert an.

»Was ist?«, fragte sie überrascht.

Sellberg antwortete nicht, sondern legte sein Besteck auf den Tisch und wischte seinen Mund und die Finger mit der Serviette ab. Dann zog er einen Stift und sein Notizbuch aus der Tasche.

»Musst du dir jetzt schon Notizen machen? Geht dein Gedächtnis auch den Bach runter?«, neckte sie ihn.

Er beschied ihr mit einer Geste, kurz ruhig zu sein, und schrieb mehrere Zahlen untereinander. Striche folgten, die von Kreisen und Klammern umzingelt wurden.

»Das ist es!«, sagte er leise.

»Was ist was?«, wollte sie wissen und streckte ihren Hals, um einen Blick auf seine Notizen werfen zu können.

Er nahm eine neue Seite und schrieb wieder vier Zahlen nebeneinander. Dann drehte er das Heft um und hielt es ihr hin.

Maike legte jetzt auch ihr Besteck zur Seite.

1940 1965 1990 2015

Fragend sah sie ihn an. »Und? Geburtstag und Hochzeitstag? Ich verstehe nur Bahnhof.«

»Beim Kopfrechnen immer gefehlt, Frau Hauptkommissarin? Das sind die Jahreszahlen, in denen sich Unfälle, Verbrechen oder was auch immer am Hüggel ereignet haben. Das stand in der Mappe von Laser, die Aufstellung von Bonhof, du erinnerst dich?«

Maike sah erneut auf die Zahlen und verstand, worauf er hinauswollte. »Immer fünfundzwanzig weiter. Alles geschah im gleichen Abstand. Du meinst …?«

Roman nickte. »Zahlenmystik ist mein zweiter Vorname. Ich bestell die Karte hier rauf und runter, wenn die Fälle nichts miteinander zu tun haben. Irgendjemand setzt da Zeichen. Eindeutig.«

»Wie jetzt?« Maike sah ihn verstört an. »Du meinst, Ina ist Teil einer Serie?«

Roman machte mit den Händen eine ausladende Geste.

»Was auch immer das für eine Serie ist; es sieht so aus, ja.«

»Ach du heilige Scheiße«, hauchte Maike.

Sie sitzt auf dem Boden, den Rücken an die Wand gelehnt.

In kleinen Schlücken trinkt sie aus der Flasche. Mittlerweile ist sie sich sicher, dass es der Mann ist. Es kann nur er *sein. Wer sonst?*

Das Wasser tut ihr gut. Es bringt ihr mit jedem Schluck mehr Lebensmut zurück.

Sie zwingt sich, langsam zu trinken, es sich einzuteilen. Sie weiß ja nicht, wann er wiederkommen wird.

In dem Beutel war neben der Flasche Wasser auch eine Box mit belegten Broten und etwas Obst. Dazu, darüber freute sie sich am allermeisten, elektrische Teelichte, die ihr zwar nicht viel, aber wenigstens doch ein bisschen Licht spenden. Nichts war schlimmer, als die allesumfassende Dunkelheit.

Sie tastet nach der Box. Trotz des übermäßigen Hungers traut sie sich nicht, sie zu öffnen und zu essen. Später vielleicht. Jetzt will sie erst mal nur trinken und sich sammeln.

Und in Ruhe über ihre Möglichkeiten nachdenken. Das tun, womit sie schon die meiste Zeit hier in ihrem Gefängnis verbracht hat.

Dabei kennt sie längst die Antwort. Es gibt nichts, was sie tun kann. Sie kann nur hier sitzen und warten. Mit dem fahlen Licht in der Hand hat sie sich in dem Loch noch einmal umhergetastet, ohne aber schlauer zu werden. Nirgends war eine Tür, ein Fenster oder eine Luke, die ihr den Weg in die Freiheit hätte schenken können.

Sie will hier nur sitzen und warten, ohne zu wissen, worauf. Immer wieder kommt sie bei ihrem Grübeln an die gleichen Punkte: die Maskierung und die Verpflegung. Sie geben ihr Hoffnung. Wie auch die Tatsache, dass er sie ihre Notdurft in einer Chemietoilette verrichten lässt, die in dem Raum über ihr steht.

Für sie sind das Hinweise darauf, dass er ihr nichts tun wird. Aber wieso dann das alles?

Diese Frage stellt sie sich unablässig. Wer ist er und was will er?

Klar, sie sind nicht arm, ihr Mann verdient gutes Geld. Aber doch kein Vermögen. Ist es das? Will er nur Geld?

Oder will er sie? Bisher hat er sie nicht angefasst. Zumindest nicht so, dass sie es mitbekommen hätte. Zum Äußersten kam es glücklicherweise noch nicht. Bleibt es dabei?

Sie entschließt sich, ihn zu fragen, mit ihm zu sprechen.

Jetzt, mit dem frischen Wasser, fühlt sie sich dazu in der Lage, etwas zu sagen. Sie will ihn fragen. Nach dem Grund.

Es ist auch nicht ungemütlich. Es ist nicht zu kalt oder zu heiß. Es ist angenehm.

Dennoch fehlt ihr das Licht. Richtiges Licht. Mit diesem wäre es angenehmer, weil der Mensch doch einfach Licht braucht.

Sie versucht sich zu erinnern, was sie oben gesehen hat. Viel war es nicht. Gab es dort Tageslicht oder doch nur künstliche Beleuchtung? Ist dort irgendwo der Tag, die Natur, oder nur ein weiteres Gebäude, eine weiterer Raum?

Durch diese Gedanken hindurch schiebt sich permanent eine Frage in ihr Bewusstsein: Kann sie riskieren, es mit ihm aufzunehmen? Kann sie ihn überlisten? Ihr Verstand sagt nein, aber alles in ihr schreit danach.

Sie will doch nur raus. Wieder nach Hause. Sie hat Angst, noch lange hier bleiben zu müssen. Die Einsamkeit erträgt sie nicht. Diese Stille.

Teil 5

Donnerstag

Achtundzwanzig

Als erste Handlung des Tages rief Kurt Laser die Sonderkommission »Silbersee« zusammen, nachdem ihm Maike noch direkt vom Lokal aus Romans Vermutung mitgeteilt hatte.

Obwohl er selbst eine Verbindung in Betracht gezogen hatte, teilte er die These von Roman nicht auf Anhieb. Aber er selbst wollte ja jeder noch so kleinen Spur nachgehen und das war für ihn eine. Roman war niemand, der etwas ohne Hand und Fuß rausposaunte.

Roman hätte es zwar lieber gesehen, seine These erst noch in kleiner Runde weiter auf Tauglichkeit abzuklopfen, aber Maike war fest entschlossen, sie gleich der SoKo zu unterbreiten, auch mit dem Risiko, von einigen für verrückt gehalten zu werden. Eine Sorge, die sie nicht teilte. Sie kannte die Leute und sah bei keinem die Gefahr, mit Hohn und Spott überzogen zu werden.

Laser war gespannt auf die Einzelheiten, die Roman ihnen gleich erzählen würde.

Als Maike und Roman das Büro betraten, waren bis auf Patrick alle Mitglieder der Soko versammelt. Ihr Assistent aber war entschuldigt, schließlich hatte Maike ihm auch noch gestern Abend einen Sonderauftrag erteilt. Er würde gleich zu ihnen stoßen.

Maike musterte ihre Kollegen in der Runde, die mehr schlecht als recht ausgeschlafen wirkte. Sie vermutete als Grund das Länderspiel, welches sich bis fast nach Mitternacht hingezogen hatte.

Sie setzte sich neben Kurt und ließ ihn die Runde eröffnen.

»Kollegen, ich begrüße euch zur Lagebesprechung.

Wie ihr wisst, treten wir im Fall Gebauer seit Tagen mehr oder weniger auf der Stelle. Grund genug, uns Hilfe von außen zu holen. Ich begrüße deshalb zunächst Roman Sellberg in unserer Mitte. Wer ihn nicht kennt: Roman ist Leiter der Operativen Fallanalyse beim LKA Hannover und fast schon ein Freund des Hauses. Ich möchte, dass ihm jede Unterstützung gewährt wird, die nötig ist. Die Betonung liegt auf *jede.* Roman, bitte.«

Roman setzte sich auf und ergriff das Wort.

»Danke, Kurt. Liebe Kollegen, was zunächst als singuläres Ereignis - nämlich das Verschwinden von Ina Gebauer - erschien, hat vermutlich einen anderen Charakter.«

Er machte eine bewusste Pause und sicherte sich so die ungeteilte Aufmerksamkeit aller Anwesenden. Die bekam er teilweise nur unter einiger Anstrengung, was ihn aber nicht weiter störte. Auch er wusste um den Fakt, dass auf die von Laser ausgewählten Leute in jeder Beziehung Verlass war.

»Wir müssen uns von der Vorstellung lösen«, fuhr er schließlich fort, »dass Frau Gebauer zufällig verschwunden ist. Vielmehr gibt es möglicherweise einen Zusammenhang zu früheren Fällen.«

Erneut machte er eine absichtliche Pause, um das Gesagte sacken zu lassen.

»Wie jeder von Ihnen weiß, gab es am Hüggel mehrere Ereignisse in den zurückliegenden Jahren. Lassen wir die Unglücksfälle zur Zeit des Bergbaus einmal außen vor, reden wir über drei Fälle, die sich vor dem aktuellen zugetragen haben.«

Roman fasste die Fälle in knappen Sätzen zusammen und ging zunächst nicht weiter auf die für ihn wichtige Besonderheit ein.

»Allein der Fall Hagenkord sollte unsere besondere Aufmerksamkeit genießen, finde ich.«

»Wie bitte?«, kam es von einem Kollegen. »Das ist doch nicht Ihr Ernst! Das ist doch ein ganz alter Hut. Wie lange ist das her? Fünfundsiebzig Jahre, wenn ich mich nicht verrechnet habe.«

»Vollkommen richtig.« Roman blickte ihn aufmunternd an.

Maike und Kurt sahen ihn ebenso erwartungsvoll an, was ihn offensichtlich verunsicherte und zum Nachdenken animierte.

»Sie meinen, Hagenkord und Gebauer hängen zusammen?«, formulierte er vorsichtig. Zu weit hergeholt erschien ihm die Vorstellung.

»Völliger Blödsinn«, ging ein anderer dazwischen, der sich Kaffee nachschenkte, um mit einem neuen Koffeinschub gegen seine Müdigkeit anzukämpfen. »Genauso gut könnten wir auch gucken, ob einer der verunglückten Kumpel damals irgendwas mit Gebauer zu tun hatte.«

»Nicht so schnell«, sagte die einzige Frau neben Maike in der Runde. »Zwischen Jakob Hagenkord und Ina Gebauer liegen exakt fünfundsiebzig Jahre. Wollen Sie darauf hinaus?«

Roman nickte. »Sehr gut, Frau Kollegin, genau darauf will ich hinaus.«

»Verstehe ich nicht«, warf einer ein. »Wo ist der Zusammenhang? Ich kann da grad nicht folgen.«

»Alle Fälle«, half Roman ihm, »liegen exakt fünfundzwanzig Jahre auseinander. Beginnend bei Hagenkord. Das ist die Gemeinsamkeit. Und deshalb verdient der Fall Hagenkord unsere besondere Aufmerksamkeit. Er ist, wenn

Sie so wollen, der Beginn einer Serie. Eine Serie, in der das Verschwinden von Ina Gebauer nur ein Teil ist.«

Die Stimmung im Raum veränderte sich merklich. Offenbar ging einigen jetzt erst auf, was Roman gerade gesagt hatte.

»Also«, wagte sich der erste Kollege zögerlich vor, »gehen wir weg vom Fall Gebauer, hin zu einem Fall Hagenkord. Habe ich das richtig verstanden?«

»Nein«, warf Laser ein. »Alles, was wir in dem Zusammenhang bereits getan und ermittelt haben, bleibt davon unberührt. Einmal abgesehen davon, dass es uns ja leider nicht weitergebracht hat. Wir ändern nur die Sichtweise. Wir müssen uns dem Fall Hagenkord zuwenden, um vielleicht herauszubekommen, was mit Ina Gebauer passiert ist.«

»Und das«, ergänzte Maike, »mit aller Zurückhaltung. Der Fall Hagenkord ist in Hagen ein ganz besonderer. Alte Zeugen neigen nicht dazu, mit uns darüber zu sprechen. Im Grunde kommen wir gar nicht an diese heran. Es hilft uns auch nicht, jetzt das ganz große Halali in Hagen zu veranstalten. Wir müssen unsere Arbeit auf zwei, drei Personen konzentrieren.«

»Aber«, protestierte einer, »wie sollen uns die alten Säcke helfen, die Gebauer zu finden? Das blicke ich immer noch nicht. Ihr nehmt ja wohl nicht auch noch an, die haben etwas mit dem Verschwinden zu tun, oder?«

»Alte Säcke habe ich überhört«, sagte Laser. »Aber genau das ist der Grund, warum wir hier zusammensitzen. Gebauer ist spurlos verschwunden. Da haben wir alles ausermittelt und kommen nicht voran. Es ist nur eine Idee, zugegeben eine ziemlich verrückte, aber vielleicht liegt der Schlüssel wirklich in einem Fall, der fünfundsiebzig Jahre zurückliegt. Ehe wir gar nichts tun, sollten wir uns zumindest mit der Möglichkeit beschäftigen.«

Das Murmeln der Runde verriet, dass längst nicht alle diese Meinung teilten.

»Gibt es«, fragte die Kollegin Roman, »vergleichbare Fälle, auf die Sie Ihre Vermutung stützen?«

Roman schüttelte den Kopf. »Das weiß ich nicht. Ohne das weiter recherchiert zu haben, möchte ich es aber nicht ausschließen. Vielleicht auch nicht in diesem Rhythmus, aber wie gesagt, unmöglich ist es nicht.«

Er vermied es zuzugeben, dass ihm und Maike diese Verbindung erst vor wenigen Stunden aufgefallen war.

»Und was tun wir jetzt mit dieser neuen Information?«

Der vom Kaffee mittlerweile aufgeweckte Kollege sah Laser an. »Wenn ich Maike so höre, sollen wir ermitteln, aber keinen Staub aufwirbeln. Wobei ich mich schon frage, wozu diese Zurückhaltung gut sein soll. Was auch immer damals da passiert ist: ein Verbrechen bleibt ein Verbrechen. Oder nicht? Wieso also die Herrschaften mit Samthandschuhen anfassen?«

»Weil wir nur so an sie herankommen«, erklärte Maike. »Ganz einfach. Marc, du kommst doch aus Hagen. Kläre uns doch mal über die Person Ehlentrup auf. Habe ich Recht oder nicht?«

Der angesprochene Marc Zumwinkel machte mit seinen Händen eine verlegene Bewegung, ehe er antwortete. »Stimmt schon. Mit den Alten klarzukommen, ist nicht so ganz einfach. Und das sage ich nicht nur, weil meine Schwiegereltern dort wohnen.«

Wissendes Gelächter machte die Runde.

»Ehlentrup ist sowas wie der Pate von Hagen. So nannte ihn mal mein Schwiegervater. Er hat Kohle ohne Ende und nimmt mehr oder minder versteckt Einfluss auf so manche Ratsentscheidung. Ich glaube, selbst der Landrat weiß davon ein Lied zu singen.«

»Na, solchen Leuten steige ich doch erst recht gerne aufs Dach«, warf der wachgewordene Kollege ein.

»Das wirst du schön bleibenlassen«, pfiff ihn Laser zurück. »Wie Maike schon sagte, mit Druck kommt man bei dem nicht weiter. Wir müssen einen anderen Weg finden. Darüber sollten wir reden.«

»Schade«, gab er noch zurück, bevor er sich wieder einen Kaffee einschenkte.

Neunundzwanzig

»Ich wäre ja lieber zu Ehlentrup gefahren«, beschwerte sich Roman bei Maike, als sie auf den Hof von August Hagenkord einbogen. »Solche Charaktere faszinieren mich ungemein. Ich hoffe, ich bekomme noch die Gelegenheit, ihn kennenzulernen.«

»Sei dir dessen gewiss.«

Maike parkte den Wagen vor dem Wohnhaus und stellte den Motor ab. »Aber wenn ich mit dir zu ihm gefahren wäre, hätte ich auch gleich im Auto sitzenbleiben können. Das erste Gespräch mit ihm hat mir gereicht. Es ist schon besser, wenn Marc und Uwe bei ihm vorbeischauen. Wenn er mit Hagenern besser kann, kommen wir so vielleicht eher weiter.«

Sie zog den Schlüssel ab und fügte, als sie schon die Türe aufdrückte, hinzu: »Außerdem wollte ich mal wieder mit dir zusammen an die Front.«

Roman warf ihr einen Luftkuss zu und stieg gleichfalls aus.

Der Garten vor dem Haus sah aus wie der ganze Hof: aufgeräumt und gepflegt. Er machte so gar nicht den Eindruck, den Maike von anderen Höfen kannte. Und er passte auch nicht zum Erscheinungsbild des Bauern.

Sie gingen den mit Steinen ausgelegten Weg zum Eingang und suchten die Klingel. Ohne Erfolg.

»Tja«, meinte Roman, »so ist das hier auf dem Land. Bestimmt lassen die noch ihre Türen auf und jeder, der will, kann reinkommen.«

Er betätigte die Klinke und sah sich bestätigt, als die Tür sich öffnete. »Siehste, sag ich doch.«

»Herr Hagenkord?«, rief Maike, nachdem sie einen

Schritt in den Flur getreten war.

Keine Reaktion. Sie warf einen Blick durch die Wohnung und war auch hier überrascht, wie ordentlich alles war. An der Garderobe hingen zwei Jacken und Mäntel, darunter entdeckte sie zwei Paar Schuhe, die fein geordnet auf einer Gummimatte standen.

»Komisch«, sagte sie leise, als sie wieder nach draußen trat. »Nach dem ersten Eindruck hätte ich es mir anders vorgestellt.«

»Wieso anders?«

»Na, unordentlicher. Als Patrick und ich ihn da oben trafen, wirkte er abgerissen. Nicht ungepflegt, das nicht, aber eher wie ein Bauer. Verstehst du, was ich meine? Alte Klamotten und so. Da drinnen ist der totale Gegensatz.«

»Wenn ein Bauer in alten Klamotten rumläuft, überrascht mich das nicht wirklich, Maike«, meinte Roman. »Wahrscheinlich ist das Haus das Reich seiner Frau und die wird ein Auge darauf haben.«

Maike schüttelte den Kopf. »Er ist nicht verheiratet - oder besser, nicht mehr. Seine Frau starb vor knapp zehn Jahren.«

»Oh«, entfuhr es ihm. »Hat er Kinder?«

»Ja, vier, aber keines wohnt in der Nähe.« Scherzhaft sah sie zu ihm. »Die haben wahrscheinlich alle das Weite gesucht, so schnell es ging. Wenn du deine Kindheit in dieser Einöde verbringen musst, nimmst du doch so schnell wie möglich Reißaus.«

Roman schüttelte den Kopf. »Da spricht eine, die ihr ganzes Leben in der Stadt verbracht hat. Auf dem Land kann es auch schön sein. Ich weiß, wovon ich rede. Für kein Geld der Welt möchte ich mehr zurück in die Stadt.«

»Bei dir tobt ja im Gegensatz zu hier noch das pralle Leben. Fahr mal um sieben Uhr abends durch den Ort. Da werden die Straßen doppelt so breit, weil die Bürgersteige zu beiden Seiten hochgeklappt sind.«

Maike entfernte sich vom Haus und begab sich in die Mitte des Platzes. Suchend drehte sie sich einmal im Kreis.

Plötzlich hörten sie das Tuckern eines Treckers. Roman trat neben Maike und beide sahen im nächsten Augenblick, wie sich ein Gefährt, das wie aus dem Museum entliehen schien, von der rückwärtigen Seite über einen Feldweg dem Hof näherte.

»Na bitte«, meinte Maike, »das passt doch schon eher zu meinem Bauern.«

August Hagenkord hielt mit seinem Trecker neben der Scheune und stieg erstaunlich behände davon ab. Im gewohnt wippenden Gang kam er auf sie zu.

»Ah, die Polizei. Welch Freude. Aber Sie haben andere Begleitung dabei, wie ich sehe. Auch ein Kollege?«

Roman sah Maike verständnislos an.

»Stimmt, Abwechslung kann ja nicht schaden, oder? Und Sie, auch fleißig bei der Arbeit, wie man sieht?«

Der Alte sah zu seinem Trecker. »Muss ja. Wird Zeit. Nach dem Winter, ne?«

»Wohl wahr«, bestätigte Maike. »Herr Hagenkord, wir hätten uns gerne mit Ihnen ein wenig unterhalten. Haben Sie einen Moment Zeit für uns?«

»Aber klar. Für so hübsche Frauen doch immer. Kommen Sie, gehen wir auf die Terrasse.«

Hagenkord betrat den Rasen, der in der Mitte mit quadratischen Platten ausgelegt war. Am Haus entlang führte er sie in den Garten, wo er sie zu einer Sitzgruppe dirigierte, die neuwertig und teuer aussah. Wieder war Maike überrascht, was sie Roman verriet, indem sie ihn kurz in die

Seite stupste.

Sie machte die typische Bewegung mit Daumen und Zeigefinger und sah ihn fragend an. Der zuckte nur kurz mit den Schultern.

Hagenkord öffnete einen kleinen Kühlschrank, der neben der Terrassentür stand, und holte eine Flasche Schnaps heraus.

Aus einem Schrank nahm er drei Gläser, die er auf den Tisch stellte.

»Trinken Sie einen mit?«, fragte er verschmitzt.

Während Maike abwehrend die Hände hob, sagte Roman freudig zu.

»Ah, Ihr Kollege weiß einen guten Schluck zu schätzen, sehr schön«, freute sich der Bauer und füllte zwei Gläser.

Tadelnd stieß Maike ihren Kollegen in die Seite.

Roman winkte ab. »Der hat kein Etikett. Jede Wette, dass der selbstgebrannt ist. Das sind die besten! Gerade hier auf dem Land. Die darf man sich einfach nicht entgehen lassen«, raunte er ihr zu. »Nur einer. Schließlich muss ich ja nicht fahren.«

Maike schüttelte lächelnd den Kopf und gab sich geschlagen.

Hagenkord reichte Roman das Glas und beide stießen miteinander an. »Wohlsein«, sagte er und prostete auch ihr mit einem Zwinkern zu. »Auf Sie, schönes Kind!«

Roman blickte vergnügt zu Maike.

Er trank den Schnaps und sah sich bestätigt. Der Schluck war köstlich. Angenehm mild mit einem Schuss Apfelgeschmack. Diese Sorte mochte er immer noch am liebsten. Diese süßen Brände waren ebenso wenig sein Ding wie die reinen Klaren, die ihm einfach nur ein Brennen und Kratzen im Hals verursachten.

»Wunderbar«, meinte er dann auch aufrichtig an Hagenkord gewandt. »Der ist wirklich gut. Selbst gestrickt?«

Hagenkord lächelte anerkennend. »Ein Kenner, hm? Aber Sie haben Recht. Ich hoffe, Sie zeigen mich jetzt nicht an, oder?«

»Beiße nie die Hand, die dich füttert«, schmunzelte Roman.

»Sie gefallen mir. Wollen Sie eine Flasche haben? Ich hole Ihnen eine. Dauert nur einen Moment.«

»Nein, nein«, wehrte Roman hastig ab. »Sonst kriegen Sie mich noch wegen Bestechung dran.«

»Eine Hand wäscht die andere, oder nicht?«, erwiderte Hagenkord belustigt. »Dann wären wir quitt.«

»Nein, danke. Lassen Sie es gut sein. Wir sind ja schließlich nicht zum Vergnügen hier.«

»Schade«, entgegnete Hagenkord und setzte sich ächzend auf einen Stuhl.

»Sie haben ja eine großartige Aussicht auf den Wald, Herr Hagenkord«, beteiligte sich Maike wieder an der Runde. »Ist das da nicht der Hüggel? Dort drüben?«

Sie wies mit dem Arm in die angesprochene Richtung.

»Doch, doch. Ist er.«

Maike blickte noch einen Augenblick dorthin, ehe sie sich wieder Hagenkord zuwandte: »Ist das nicht merkwürdig, ständig dorthin zu sehen, wo es damals passierte?«

Sie entschied sich für die direkte Konfrontation.

Heute Morgen im Büro, als sie nach der Besprechung noch mit Laser zusammengesessen hatten, hielten sie das für die beste aller Optionen, unter vier, beziehungsweise sechs Augen mit ihm darüber zu sprechen, was sich vor fünfundsiebzig Jahren dort ereignet hatte, um so vielleicht die Kurve zum Heute zu kriegen. Roman war sich mit jeder

Minute sicherer, dass es eine Verbindung gab, wie auch immer diese aussehen mochte. Hagenkord war ein Schlüssel, ein Teilchen im Puzzle.

Und der Aufhänger war der Tod seines Bruders.

»Wo was passierte?«, gab sich Hagenkord ahnungslos. Ohne Erfolg, denn sowohl Maike als auch Roman durchschauten ihn mit links.

»Das Unglück am See. Der tragische Tod ihres Bruders«, versuchte es Maike zunächst mit der offiziellen Version, die sie von Poggemann gehört hatte und die im Ort jeder kannte.

Hagenkord winkte mit einer Hand ab. »Ach das«, meinte er müde. »Mein Gott, das ist so lange her. Traurige Geschichte, ja. Aber lange her.«

»Aber so eine Sache vergisst man doch nicht. Selbst nach so vielen Jahren«, beharrte Maike. »Und wenn ich ständig dorthin sehen müsste … also ich weiß nicht. Da denkt man doch ständig dran, oder nicht?«

Der Bauer lehnte sich an die Rückenlehne und schüttelte den Kopf. »Nee, tut man nicht. Wissen se, ich hab ja immer zu tun. Da hab ich andere Sachen im Kopf.«

»Verstehe.« Maike warf einen Blick zu Roman, der beinahe teilnahmslos hinter Hagenkord an der Tür lehnte, die Hände in den Taschen vergraben. Sein Nicken gab ihr zu verstehen, jetzt den nächsten Schritt gehen zu können.

»Sie haben mir«, begann sie, als sie sich einen Stuhl zurechtrückte und gegenüber von Hagenkord Platz nahm, »am Montag so komische Sachen gesagt, als wir uns da am Weg getroffen haben. Vor allem geht mir eines nicht aus dem Kopf.«

Sie machte eine Pause und beobachtete ihn konzentriert.

Er hörte ihr zu, ließ aber nicht erkennen, ob er wusste,

worauf Maike hinauswollte. Vor allem sprang er nicht auf ihre letzte Bemerkung an.

»Sie haben mich gefragt, ob wieder einer verschwunden sei. Erinnern Sie sich?«

Hagenkord nickte und sein jetzt wacher Blick stützte diese Aussage und verriet seine Aufmerksamkeit.

»Sicher.«

»Und Sie sagten, ab und zu würde *er* sich einen holen. Richtig?«

Wieder nickte der Bauer.

»Wer ist *er*?«, fragte sie ihn direkt und sah ihm fest in die Augen.

»Na, der Hüggel. Wer denn sonst?«, entgegnete Hagenkord überrascht.

»Eben, das frage ich Sie. Wer denn sonst?«

Hagenkord schüttelte fast unmerklich den Kopf und blickte auf den Tisch. Maike wartete einige Sekunden, ob er noch mehr sagen würde, doch Hagenkord saß nur regungslos da. Nichts an ihm verriet Anspannung oder dergleichen.

Sie lehnte sich zurück und wechselte wieder einen kurzen Blick mit Sellberg. Der wog unschlüssig seinen Kopf.

»Herr Hagenkord«, meinte sie schließlich. »Was ist damals passiert. Da oben am See. Im Hüggel.«

Hagenkord hob seinen Kopf und Maike registrierte, dass das Funkeln aus seinen Augen verschwunden war. Plötzlich wirkte er müde.

»Das ist so lange her. Was kümmert Sie das jetzt noch?«

»Weil meiner Freundin dort oben irgendwas zugestoßen ist und ich wissen will, wer sie auf dem Gewissen hat, darum«, sagte Maike entschieden.

Hagenkord schüttelte matt den Kopf. Sein Blick ging

wieder ins Leere.

Jetzt kam Roman an den Tisch und setzte sich neben Maike.

»Herr Hagenkord, nur eine Frage.«

Keine Reaktion.

»1965 kam es im Hüggel zu einem Unfall, so jedenfalls die landläufige Meinung. Sicherlich erinnern Sie sich an den Fall. Der Mann, der vor dem Eingang zum Stollen gefunden wurde.«

Hagenkord nickte träge.

»Das war kein Unfall, oder?«

Die Frage schnitt wie ein Messer durch Papier. So wie Roman sie stellte, ließ sie eigentlich keinen Widerspruch zu. Es klang wie eine Feststellung. Maike war unfähig zu atmen. Würde Hagenkord jetzt die richtige Antwort geben, wäre aus der bloßen Vermutung eine Gewissheit geworden und alles wäre ungleich komplizierter.

»Nein«, flüsterte Hagenkord und schüttelte kaum wahrnehmbar den Kopf.

Maike stöhnte innerlich auf.

Roman warf ihr einen schnellen Seitenblick zu und wandte sich sofort wieder an Hagenkord.

»Und es war auch kein Zufall, dass sich die Tat in genau dem Jahr ereignete, oder?«

Wieder dauerte es eine Weile, bevor Hagenkord stumm den Kopf schüttelte.

Roman sank in seinen Stuhl und blickte zu Maike.

»Volltreffer«, sagte er leise.

Maike richtete sich auf und legte die Arme auf den Tisch.

»Und 1990? Der dritte Todesfall? Wie ist es damit?«

»Ich habe damit nichts zu tun«, flüsterte Hagenkord ohne aufzublicken. »Wenn Sie das meinen. Ich kann da auch nichts für.«

Roman sprang dazwischen. »Das sagt ja keiner. Deshalb noch einmal: Was ist damals passiert? Was ist mit Jakob passiert?«

Plötzlich kamen Maike die Worte von Laser in den Sinn. Sollte sie Hagenkord mit der unvorstellbaren Ahnung konfrontieren? Oder richtete sie damit nur noch mehr Schaden an?

Sie wollte es auf einen Versuch ankommen lassen. Sie hätte es nicht getan, wenn Roman nicht an ihrer Seite gewesen wäre.

»Es gibt einen Grund, warum seine Leiche nie gefunden wurde, oder?«

Hagenkord schreckte hoch und sah erst sie, dann Roman an. Sein Ausdruck hatte sich noch einmal verändert. Fast meinte sie, etwas Ängstliches darin zu sehen.

»Ich weiß nicht«, begann er leise zu erzählen, »was damals passiert ist. Der alte Ehlentrup ging mit ihm in den Stollen. Nach einiger Zeit kam er alleine wieder raus. Ich weiß nicht, was der mit ihm gemacht hat. Viele Jahre später erst habe ich durch Zufall erfahren, warum Jakob weg musste. Und dann passierte es wieder, fünfundzwanzig Jahre später. Heinrich kam zu mir und erzählte so wirres Zeug. Es wäre die Rache von Jakob und so was.«

Hagenkord schüttelte ungläubig den Kopf. »Aber es machte die Runde. Es wäre ein Zeichen. Alle hielten ihn für verrückt. Erst als dann noch eine verschwand, fing man an, ihm zu glauben. Zu unheimlich war das. Genau fünfzig Jahre später.«

»Haben Sie Ihren Bruder noch einmal wiedergesehen?«, fragte Sellberg behutsam.

Hagenkord schüttelte stumm den Kopf. »Jakob war das

nicht. Sicher nicht.«

»Haben Sie ihn gesehen?«, wiederholte Roman stoisch.

Hagenkord sah ihn mit feuchten Augen an. Ein Anblick, der Maike durch und durch ging.

»Er ist doch mein Bruder.«

* * *

Roman und Maike standen auf dem Weg oberhalb des alten Silbersees.

Sellberg stützte sich an der Hinweistafel ab, die Entstehung und Geschichte des Bergbaus in Hagen und Hasbergen erläuterte, und schaute mit leerem Blick in das Tal. Es war ihm anzusehen, wie er versuchte, das Gehörte irgendwie voreinander zu bekommen.

Maike stand mit einem Fuß auf dem dicken Seil, das den Weg von der steilen Kante des alten Bergbaus trennte, und hielt die Arme vor dem Körper verschränkt.

»Und nun?«, durchbrach sie das Schweigen.

Was sie da gehört hatte, hatte ihre diffuse Ahnung bestätigt. Sie konnte nicht sagen, woher sie die hatte. Sicherlich lag es am Gespräch mit Laser, der diese unglaubliche Möglichkeit indirekt das erste Mal zur Sprache gebracht hatte. Er hatte es für möglich gehalten, dass Jakob überhaupt nicht ums Leben gekommen war.

Roman machte eine hilflose Geste. »Er hat indirekt bestätigt, dass Jakob damals nicht gestorben ist. Wobei, auch das stimmt nicht so ganz. Alles andere muss ich auch erst mal sortieren.«

»Aber so, wie er es gesagt hat, klang es für mich, als würde er wissen, dass Jakob damals nicht getötet wurde. Er *ist* mein Bruder. Gegenwart, Roman.«

Roman schüttelte den Kopf. »Nein, nicht unbedingt. Ein Psychologe kann dir das viel genauer aufdröseln, aber es kann auch sowas wie ein verdrängtes Erlebnis sein. Er glaubt, dass Jakob noch lebt, weil die Leiche nie gefunden wurde. Allein darauf stützt er seine Aussage. Es ist demnach weniger Wissen als eine projizierte Hoffnung, die er zum Ausdruck bringt.«

Maike blieb bei ihrer Sichtweise. »Tut mir leid, Roman, aber da bin ich anderer Meinung. Das sagte er schon recht überzeugend. Er war nur so clever, nicht zuzugeben, dass er ihn in den Jahren danach noch dann und wann gesehen hat.«

»Meinst du das wirklich? Jakob ist hier im Ort herumgelaufen und hat sich mit seinem Bruder getroffen? Im Leben nicht!«

»Nein, natürlich nicht. Ich weiß auch nicht wo, aber irgendwo wird Jakob leben - oder gelebt haben. Und August hat immer Kontakt zu ihm gehalten. So stelle ich mir das vor.«

Roman blieb skeptisch. »Möglich, ja. Aber irgendwie auch zu viel großes Kino für meinen Geschmack. Wie alt war Jakob, als er verschwand? Elf, wenn ich es richtig auf dem Schirm habe. Ein elfjähriger Junge taucht unter und schlägt sich ganz alleine durch den Wald?«

»Vergiss nicht«, beharrte Maike, »es war Krieg. Wer weiß, was sich da alles hier im Ort abgespielt hat. Und wenn ihm der alte Ehlentrup geholfen hat, weil er selbst Gewissensbisse bekam, ist das doch möglich. Wir müssten nur wissen, ob es noch Verwandte von ihm hier in der Gegend gab.«

Roman ließ sich nur schwer überzeugen. »Ich weiß

nicht …«

»Hältst du es für wahrscheinlich«, fragte Maike, »dass Jakob die Morde wirklich zu seinem Gedenken veranstaltet hat?«

Er löste sich von dem Schild. »Das ist ja noch kruder. Ein kleiner Junge taucht unter und nach fünfundzwanzig Jahren wieder auf, um alle Welt an seinen Tod zu erinnern?«

Maike nahm den Fuß vom Seil und trat an seine Seite. »Und wenn er es nicht war? Wenn es doch ganz anders ist und er damals tatsächlich ums Leben kam?«

»Und ein anderer sein Gedenken hochhält?«

»Dann ist aber nicht Hagenkord, sondern Ehlentrup unser Dreh- und Angelpunkt, richtig?«

Roman pfiff anerkennend. »Hut ab, willst du nicht doch bei uns anfangen?«

»Roman«, stöhnte sie genervt. »Bitte, kannst du mal ernst bleiben?«

»Entschuldige, natürlich. Du hast Recht. Zwischen Ehlentrup und Hagenkord besteht eine besondere Beziehung, das ist unstrittig. Nur warum sollten dann die Taten eine Erinnerung wachhalten, die bei beiden ohnehin sehr präsent ist? Es erscheint mir einerseits ein logisches Motiv zu sein, andererseits aber auch wieder ein überflüssiges.«

In dem Punkt stimmte sie ihm zu. »Auf jeden Fall bin ich dafür, sich näher mit denen zu beschäftigen, die eine Beziehung zu den damaligen Geschehnissen haben.«

Der Fallanalytiker hob den Finger. »Stopp! Das ist vergebene Liebesmüh. Schließlich sagt ja dein neuer Freund Oberhaus, dass das ohnehin jeder von den Alten hier in Hagen weiß. Das führt zu nichts. Wir kommen nur weiter, wenn wir die Familie von Hagenkord und vielleicht Ehlentrup abklopfen und so vielleicht rausfinden, ob der kleine

Hagenkord tatsächlich irgendwo untergekommen ist. Damals. In grauer Vorzeit.«

»Das läuft.«

»Was?«

»Die Erkundigungen im Fall Ehlentrup. Ich habe Patrick damit beauftragt. Nach meinem Besuch bei Oberhaus war es mir ein Bedürfnis, mehr über ihn herauszufinden.«

»Umso besser. Dann sollten wir zurückfahren und gucken, wie weit er damit ist.«

Sie wandten sich vom alten See ab und gingen die wenigen Meter zum Parkplatz. Der lose Waldboden war angenehm fest. Kein Vergleich zu den teilweise matschigen Stellen, die Maike noch von ihrem ersten Besuch an dieser Stelle kannte und die ein Tribut an das nasskalte Wetter der letzten Wochen gewesen waren.

Sie waren noch nicht aus dem Wald getreten, als Maike stehenblieb und sich zum Wald umdrehte. Eine Veränderung vollzog sich bei ihr, die Roman nicht verborgen blieb.

»Was ist?«, fragte er besorgt.

Sie schüttelte zunächst den Kopf. »Es ist nur …«, sagte sie dann leise, »ich musste gerade an Ina denken. Wenn ich mir vorstelle, dass sie auch hier herumgelaufen ist und jetzt womöglich irgendwo festgehalten wird …«

»Du hast Angst, sie über das andere zu vergessen, oder?«

Maike nickte und sah ihn an. »Ich *habe* sie vergessen, Roman. Ich habe in den letzten Tagen in der Tat nicht oft an sie gedacht. Das ist das Komische. Erst jetzt, hier im Wald, wird mir das bewusst. Ich war mehr bei Hagenkord als bei ihr. Dabei geht es doch nur um sie. Ihr muss ich helfen.«

»Aber du hilfst ihr doch.« Roman fasste sie an den Schultern. »Mit jedem Schritt, den du in der Angelegenheit unternimmst, löst du den Fall Ina. Sieh mal, es wurde Himmel und Hölle in Bewegung gesetzt, um sie zu finden. Einige Befragungen und Untersuchungen laufen sogar noch, wie du weißt. So brutal das im Moment ist, hier gibt es für dich nichts zu tun. Konzentriere dich auf das andere, das hilft ihr unter dem Strich mehr.«

Maike wirkte mit einem Mal erschöpft. Er spürte förmlich, wie sehr es ihr in diesem Moment zusetzte.

Zögerlich wandte sie sich zum Gehen. Wieder hielt sie aber auf dem Weg inne und sah Roman an. »Glaubst du, dass sie noch lebt?« In ihrer Frage schwang gleichermaßen Hoffnung und Akzeptanz des Unvermeidlichen mit.

Sellberg blieb stehen und hob die Schultern. Er schaute sich um und ließ seinen Blick durch den Wald wandern. »Ich weiß es nicht, aber ich denke nicht. Dann müsste sie ja schon jemand fast eine Woche irgendwo festhalten und da sich niemand gemeldet hat … Nein, ich glaube nicht, dass sie noch lebt.«

Dreißig

Die Stimmung in der kleinen Runde, die sich in Maikes Büro versammelt hatte, war mies. Eine destruktive Mischung aus Niedergeschlagenheit, gepaart mit Hoffnungslosigkeit, hatte sich im Raum ausgebreitet und war förmlich mit den Händen greifbar.

Es war Romans Idee gewesen, die eigentlich für morgen Früh angesetzte Besprechung auf heute vorzuziehen. Einerseits um die noch frischen Eindrücke aus den Gesprächen aufzubereiten, andererseits um die lähmende Tatenlosigkeit, die vor allem Maike erfasst hatte, zu bekämpfen.

Sie tat ihm leid. Seit sie dort im Wald am ehemaligen See gestanden hatten, wirkte sie noch matter und ausgelaugter als ohnehin schon. Das war nicht die konzentrierte Maike, die er kannte und schätzte, sondern das war eine andere - eine, die ihm fremd war.

Er konnte sich nicht erinnern, sie jemals so in sich gekehrt erlebt zu haben.

Das war mit ein Grund, weshalb er noch auf der Rückfahrt in Hannover angerufen hatte, um sich bei seinen Kollegen abzumelden. Er wollte noch mindestens einen Tag länger für die Mitarbeit in Osnabrück haben. Das lag nicht allein an Maike, die ja erst heute merklich abgebaut hatte. Vielmehr war der Fall in eine Phase getreten, die ihn elektrisierte. Vieles daran war so komplett anders als bei herkömmlichen oder vergleichbaren Fällen. Es war geradezu ein gefundenes Fressen für einen wie ihn.

Dabei maß er sich nicht an, diesen Fall auf Anhieb lösen oder auch nur einen Hinweis beisteuern zu können, aber alleine der Umstand, daran mitzuarbeiten, erfüllte ihn mit Eifer.

Es war nicht der erste Einsatz, den er mit Laser und Wasmuth gemeinsam bearbeitete. Es stand außer Frage, dass er mit den Kollegen in Osnabrück eigentlich am liebsten zusammenarbeitete.

Und zuletzt war der Fall natürlich eine willkommene Abwechslung zu seinem immer mehr überhand nehmenden Büroalltag und der ganzen Verwaltungsarbeit, die dieser mit sich brachte.

Auch wenn sie wie jetzt in einer Sackgasse steckten. In diesem Moment hatte er nicht den Hauch einer Ahnung, wie sie weiterkommen sollten.

Er schaute in die Gesichter seiner Kollegen hier am Tisch. Patrick Bonhof überflog schon seit einer gefühlten Ewigkeit seine eigene chronologische Aufstellung über die drei Fälle am Hüggel. Kurt Laser blickte nahezu unentwegt auf einen fixen Punkt auf dem Tisch und Maike schien ganz woanders zu sein, so entrückt blickte sie drein.

Als Patrick seine Mappe auf den Tisch warf, kehrte allmählich Leben in die Gruppe zurück.

Maike schüttelte sich kurz, als müsste sie sich tatsächlich erst wieder sammeln.

Während er und Maike einen Volltreffer vorweisen konnten, war das andere Team mit leeren Händen zurückgekehrt. Dabei war extra der Hagener Marc mit dem dienstältesten Kollegen dorthin gefahren, um wenigstens in etwa auf Augenhöhe mit dem Bauern zu sprechen. Aber sie hatten die Rechnung ohne Ehlentrup gemacht.

»Wir kommen da nicht weiter«, sagte Laser. »Der Alte mauert, was das Zeug hält. Keine Chance. Uwe sagt, der hat nicht mal mit der Wimper gezuckt, als sie den Fall Jakob Hagenkord angesprochen haben.«

Patrick schüttelte ratlos den Kopf. »Also haben wir nur

die Aussage von Hagenkord? Das ist ja auch schon mal was.«

Roman zuckte mit den Schultern. »Aussage ist gut. Ich glaube, unsere Ahnung hat sich bestätigt. Zumindest hat Hagenkord nicht vehement widersprochen. Das kann man jetzt natürlich so und so sehen, aber so, wie er rüberkam, war das schon fast ein Eingeständnis.«

»Na, bravo. Und das heißt?«

»Das heißt, Jakob Hagenkord ist bei der Sache von damals höchstwahrscheinlich nicht ums Leben gekommen.«

»Und fegt jetzt als Untoter durch den Hüggel und veranstaltet in regelmäßigen Abständen Verbrechen zum Gedenken - so in der Art?«

Maike blickte erschrocken zu Patrick. Diese Art von Sarkasmus war ihr neu. Sie hoffte, dass es nur seine Art war, mit dieser ganzen Situation umzugehen.

»Keine Ahnung«, sagte Roman. »Solange wir nicht sicher sagen können, wo Jakob ab dem Tag gelebt hat, können wir genauso gut Flaschendrehen über diese Frage veranstalten. Vielleicht ist er zu Verwandten gekommen, die ganz woanders wohnen. Vielleicht aber hat er wirklich hier in der Nähe gelebt. Was dann aber auch noch nicht heißt, dass er irgendwas mit den Taten zu tun hat. Sie können ebenso gut Zufälle sein. Sie müssen ja nicht zwingend mit Jakob Hagenkord in Verbindung stehen.«

»Lassen wir das jetzt mal außen vor«, unterbrach Laser. »Was heißt das für den aktuellen Fall? Bringt uns das Gespräch mit Hagenkord da irgendwie weiter? Siehst du da eine Möglichkeit?«

Roman hatte mit dieser Frage schon gerechnet und war längst alle möglichen Antworten durchgegangen. Fieberhaft suchte er nach dem kleinsten Hinweis auf einen Zusammenhang, ohne recht fündig zu werden.

»Ehrliche Antwort? Nein. Allerdings ist es mehr als ein Bauchgefühl, wenn ich sage, dass Ina wahrscheinlich nicht zufällig dort verschwunden ist. Über den Täter können und müssen wir uns noch unterhalten, aber der Ort ist kein Zufall. Da bin ich mir sicher.«

Laser warf einen raschen Blick zu Maike, die zusehends abbaute. In diesem Zustand war sie keine Hilfe.

»Gut«, meinte er schließlich. »Dann machen wir hier Schluss und sehen uns morgen früh wieder. Patrick, du erstellst bitte mit Marc ein ganz kurzes Protokoll über das Gespräch bei Ehlentrup und Maike eines über Hagenkord. Kriegst du das wohl noch hin?«

»Klar, geht schon.«

Sie rappelte sich schwerfällig auf und setzte sich hinter ihren Schreibtisch.

»Roman, kann ich dich derweil kurz sprechen?«

Die Runde löste sich auf und während Patrick in sein Büro ging, suchten Roman und Laser dessen Büro auf.

Ein Gespräch mit dem Leiter der Mordkommission unter vier Augen war eher die Ausnahme. Gespannt wartete er deshalb darauf, was Laser von ihm wollte.

Einunddreißig

Seit seinem letzten Besuch hatte sich nicht viel verändert. Sogar das defekte Schild an der Hauswand hing noch in exakt der gleichen Position. Überhaupt schien die Zeit im Gebäude stehengeblieben zu sein. Stehengeblieben an dem Tag, als er es das letzte Mal betreten hatte. Er dachte zurück an den Tag vor knapp zwölf Jahren, an dem sie seine Verabschiedung gefeiert hatten. Der damalige Polizeipräsident hatte darauf bestanden, die Feier nicht in Hagen, sondern in Osnabrück zu veranstalten. Sehr zu seinem Missfallen; viel lieber wäre er in Hagen geblieben.

Mit Wehmut dachte er daran zurück. Nach dem offiziellen Teil war es feucht und fröhlich geworden. Ein Umtrunk mit Kollegen und alten Weggefährten, der bis weit in den Abend gedauert hatte. Ausgelassen hatten sie seinerzeit das Ende seines aktiven Dienstes begossen. Ihm war, als wäre es gestern gewesen.

Im Gebäude kam die Erinnerung noch stärker zurück. Dieser Geruch!

Schon nach wenigen Schritten, nachdem er das Gebäude durch den hinteren Eingang betreten hatte, stieg ihm der altbekannte Mief in die Nase, als etwas anderes konnte er es unmöglich bezeichnen. Diese Mischung aus Holz, Staub, Putzmitteln und altem Papier war ein immanenter Bestandteil dieses Bauwerks.

Vor der großen Glaswand blieb er stehen, betrachtete den Dienststellenwegweiser und stellte erleichtert fest, dass sich die Aufteilung der Dezernate nicht wesentlich geändert hatte.

Das kam ihm bei der Orientierung sehr entgegen.

Statt des Aufzugs wählte er die Treppen und stieg in den

zweiten Stock empor. Auf dem Absatz hielt er sich links und stand wenig später vor der grauweißen Tür, die ihm noch gut bekannt war.

Dabei war er gar nicht oft hier gewesen, worüber er freilich nicht unglücklich war. Dort, in Hagen, hatte er seine Ruhe, war weit genug weg vom Schuss, um nicht ständig den hohen Herren Rechenschaft abliefern zu müssen.

Und um diesen Flur, in dem er jetzt stand, konnte er ohnehin stets einen großen Bogen machen. Von der einen Angelegenheit einmal abgesehen, war es in Hagen angenehm friedlich.

Aber ihm war noch sehr präsent, wie es damals hier zugegangen war, als dieses Mädchen gefunden wurde.

Hektische Betriebsamkeit. Die bange Frage, ob es sich nicht doch um einen Unfall handeln könnte. Allein der junge Kollege aus dem Morddezernat hatte Zweifel an der schlussendlich offiziellen Todesursache gehegt und das, obwohl er damals keinen Schimmer von den Hintergründen haben konnte.

Alle anderen waren nicht erstaunt über den Umstand gewesen, dass eine Frau aus Hasbergen - nach Auskunft ihrer Freunde eine begeisterte Wanderin - ausgerechnet vor ihrer Haustür einen falschen Schritt getan hatte und abgestürzt war.

Er jedoch hatte Fragen gestellt und da er bei den eigenen Kollegen keine Antworten bekommen hatte, hatte er sich an ihn gewandt.

Auch wenn sie seinerzeit nicht weitergekommen waren, hatte sie dieser Fall bis zum Ende seiner Dienstzeit verbunden. Er wusste, dieser junge Kollege würde die richtigen Schlüsse ziehen. Nicht zuletzt deshalb stand er heute hier. Er brauchte jede Hilfe, die er kriegen konnte.

Und er würde sie ihm geben.

Er klopfte an und wartete auf eine Reaktion, doch nichts regte sich. Zaghaft öffnete er die Tür einen Spaltbreit und linste hindurch. Das Büro war leer.

Kurz stand er auf der Schwelle, zögerte. Dann ging er in das Büro, ließ aber die Tür bewusst offen, sodass er von außen gesehen werden konnte. Man sollte ihm ja nicht nachsagen können, er hätte sich verbotenerweise Zugang verschafft. Immerhin war er fast noch so etwas wie ein Kollege.

Er studierte die vier Magnetwände, an denen Fotos und sonstige Unterlagen über aktuelle Ermittlungen hingen. Vor der, an der die Ergebnisse aus Hagen angeschlagen waren, blieb er stehen. Viel hing dort nicht, was ihm einen Stich versetzte.

Die Frau tat ihm leid.

Seit fast einer Woche war sie jetzt verschwunden und ganz sicher würde auch sie in den nächsten Tagen auf dem Grund des ehemaligen Sees liegen.

Wie damals würden sie keinen Schimmer haben, wer für diese Taten verantwortlich war. Selbst mit den technischen Möglichkeiten von heute war er davon überzeugt, nicht weiterzukommen.

Plötzlich hörte er Schritte und Stimmen auf dem Flur. Eine erkannte er sofort, sie hatte sich nicht verändert. Er hatte sich nicht getäuscht.

Kurz darauf stand er in Begleitung eines anderen Mannes in der Tür und war sichtlich überrascht. »Heinz! Welch eine Überraschung!«

Sie gingen aufeinander zu und begrüßten sich herzlich. »Lange ist es her«, sagte Laser. »Viel zu lange. Geht es dir gut?«

Oberhaus schüttelte ihm freudig die Hand. »Danke, ich kann nicht klagen. Ich hoffe, du nimmst es mir nicht übel, dass ich hier einfach so hereingeplatzt bin.«

Laser winkte ab. »Ach was, ich habe dir gesagt, du bist immer willkommen. Und das meinte ich auch so. Übrigens, darf ich dir Roman Sellberg vorstellen?«

Der andere kam hinter Laser hervor und stellte sich namentlich vor.

»Roman, das ist Heinz Oberhaus, der ehemalige Leiter der Wache Hagen.«

»Herr Sellberg ist vom LKA. Fallanalyse«, ergänzte Laser. »Er hilft uns im Fall Gebauer.«

Oberhaus nickte matt und zeigte auf die betreffende Magnetwand. »Glaube ich. Ihr habt nicht viel, oder?«

»Zu wenig«, stimmte ihm Laser zerknirscht zu. »Viel zu wenig. Im Grunde haben wir überhaupt nichts.«

Laser trat neben ihn und gemeinsam starrten sie auf die Fotos, die das Gelände vom Hüggel zeigten.

»Ich kann es mir denken«, meinte Oberhaus nachdenklich. »Es ist wie damals, oder? Keine Spur. Bis zu dem Tag, als wir sie gefunden haben. Auch so ein armes Ding. Wie alt war sie noch?«

»Gebauer?«

»Nein, die von damals.«

Laser überlegte. »Ich weiß nicht mehr genau. So Anfang dreißig, meine ich.«

Oberhaus schüttelte den Kopf. »Furchtbar. Dabei hatte ich gehofft, es wäre endlich vorbei.«

Sellberg genügte das wenige, was er gehört hatte. Jetzt wollte er es genau wissen. Oberhaus war der Richtige, der ihm seine Ahnung entweder bestätigen oder ausreden konnte. Er musste es einfach sein.

»Äh, Herr Oberhaus«, kam er langsam näher. »Entschuldigen Sie, wenn ich mich einmische, aber ich hätte Sie gern etwas gefragt.«

Oberhaus drehte sich um und sah ihn an. »Bitte, nur zu.«

Roman ging im Kopf die Möglichkeiten durch. Sollte er ihn direkt mit seiner Vermutung konfrontieren, oder es reservierter versuchen? Er entschied sich für die offensive Variante.

»Wo hat Jakob Hagenkord in den Jahren nach der Geschichte gelebt? Hier in der Gegend? Oder ist er woanders hingekommen?«

Oberhaus zeigte zunächst keine Reaktion. Roman warf einen schnellen Seitenblick zu Laser, der Oberhaus gespannt ansah.

Statt einer Antwort drehte dieser sich wieder um und ging bis dicht an die Wand. Roman und Kurt folgten ihm. Um sich zu orientieren, kreiste er auf der Umgebungskarte mit seinem Finger zunächst über dem Hüggel, dann fuhr er langsam nach links, ehe er auf ein Gebiet zeigte. »Hier irgendwo. Hier ist Jakob hingekommen.«

»Ach du meine Güte. Wo ist das denn?«, fragte Sellberg entsetzt, als Oberhaus auf einen Fleck deutete, der mitten im Nirgendwo zu sein schien.

»Brochterbeck«, meinte Oberhaus knapp. »Damals ein eigenständiges Dorf, seit der Reform von 1975 ein Ortsteil von Tecklenburg.«

»Das ist Nordrhein-Westfalen, wenn ich mich nicht irre, oder?«, rätselte Roman, der mit der Nase dicht vor der Karte stand. Er wies auf die rote, gestrichelte Linie, die die Ländergrenze markierte.

»Richtig«, stimmte Laser zu.

»Haben Sie eine Ahnung, was da ist? Verwandtschaft von

ihm?«, bohrte Roman nach und blickte Oberhaus fragend an. Wieder zeigte sich der ehemalige Polizist bestens informiert.

»Jakob kam damals auf einem Hof unter. Soweit ich weiß, war das entfernte Verwandtschaft von Ehlentrups Frau.«

Kurt Laser setzte sich auf die Kante seines Schreibtisches und fuhr mit den Händen über das Gesicht. »Das glaube ich nicht. Heinz, verdammt, warum hast du mir das nicht schon früher gesagt?«

Oberhaus trat von der Wand zurück und steuerte einen der Besucherstühle an.

»Ich weiß es selbst erst seit gestern. Bis dahin war es auch nur eine Ahnung, ich hielt es einfach für viel zu abenteuerlich, als dass da etwas dran sein könnte … bis ich mit Ehlentrup gesprochen habe.«

»Du hast mit ihm gesprochen? Du hast dich in die Ermittlungen eingemischt? Heinz, sag mir bitte, dass das nicht wahr ist!«

Bedächtig nickte Oberhaus. »Ich habe mich nirgends eingemischt, Kurt. Immerhin kenne ich Heinrich seit zig Jahren.« Schwerfällig ließ er sich in den Stuhl sinken. »Als deine Kollegin bei mir war und das alles wieder hochkam, habe ich es einfach nicht mehr ausgehalten. Ich wollte ihr helfen.«

Er sah zu Laser. »Euch helfen. Also bin ich am nächsten Tag zu Heinrich gefahren und habe mit ihm gesprochen. Schon als er aus der Tür kam, wusste ich Bescheid. Das sah ich an seiner Reaktion. Er konnte sich scheinbar denken, warum ich ihn besuche. Ich brauchte erst gar nicht nach einem Vorwand zu suchen.«

»Und? Wie weiter?« Roman hatte sich einen Stuhl gegriffen und sich neben Oberhaus gesetzt. Jetzt wurde es spannend.

»Ich habe ihn direkt ins Gesicht gefragt, ob das Verschwinden der Frau etwas mit dem Tod der Frau von vor fünfundzwanzig Jahren zu tun hat.«

Oberhaus machte eine Pause und sah sie abwechselnd an.

»Und?«, drängte ihn Roman wieder.

»Keine Antwort ist auch eine Antwort. Er hat sich darauf nicht eingelassen, wollte davon nichts wissen. Wie ich auf so eine Idee kommen könnte. Schließlich gab er nach. Erst zögerlich, dann für seine Verhältnisse fast plaudernd, brach es geradezu aus ihm heraus.«

»Was brach aus ihm heraus?« Roman war so elektrisiert, dass es ihn gar nicht kümmerte, das Kommando übernommen zu haben.

»Er hat zugegeben, dass Jakob damals nicht umgebracht wurde. Statt ihn zu töten, zeigte ihm sein Vater einen Weg aus dem Stollen und wies ihn an, wohin er sich wenden sollte. Unweit des Hüggels gab es damals einen Hof, dort hat er einige Tage gelebt, bis sein Vater ihn nach Brochterbeck gebracht hat. Die Leute dort haben dann wohl die Legende gestrickt, der Junge wäre Verwandtschaft aus Ostpreußen. Der Krieg, Sie verstehen? So schöpfte keiner Verdacht und Jakob baute sich gewissermaßen ein neues Leben auf, mit allem Drum und Dran. Papiere und allem, was dazugehört.«

Roman sackte in seinem Stuhl zusammen und lehnte sich zurück. »Heilige Scheiße. Also doch.«

Auch Kurt hatte sich wieder gefangen. »Hat Ehlentrup auch gesagt, was mit Ina Gebauer ist? Weiß er da auch was?«

Oberhaus schüttelte energisch den Kopf. »Nein, hat er nicht. Aber er hat damit nichts zu tun. Damit nicht, und mit den anderen Fällen auch nicht. Er mag ein knorriger Kerl sein, aber im Grunde seines Herzens ist er ein aufrichtiger Mann. Der bringt niemanden um, davon bin ich überzeugt.«

Roman fasste sich wieder, stand auf und ging zum Fenster. »Aber wer spielt dann den Racheengel?«, murmelte er.

»Was?«, kam es von Kurt.

Er drehte sich um. »Ich frage mich: Wer spielt da Racheengel? Die Taten stehen in direktem Zusammenhang, davon bin *ich* überzeugt.«

»Aber wer, verdammt?«

Sellberg hatte keine Ahnung. »Wahrscheinlich wissen das weder Hagenkord noch Ehlentrup. Wir können uns glücklich schätzen, wenn wir Ina noch finden. Das war es dann aber auch. Und als erstes müssen wir rausbekommen, ob Jakob überhaupt noch lebt.«

Fragend sah er Oberhaus an. Der schüttelte den Kopf. »Ich weiß es nicht. Das hat mir Heinrich nicht gesagt. Ich bin da heute mal vorbeigefahren, aber es war niemand zuhause.«

»Du bist was?« Laser meinte, sich verhört zu haben.

»Vorbeigefahren. Na und?«

»Und was wolltest du bitte da? Ihn fragen, ob die Gebauer bei ihm ist?«

Laser war aufgebracht. »Deine Hilfe in Ehren, Heinz, aber ich hätte es besser gefunden, wenn du Maike oder mich vorher informiert hättest. Menschenskinder!«

Schuldbewusst senkte Oberhaus seinen Kopf. »Hast ja Recht, da ist es mit mir durchgegangen.«

Laser winkte ab. Er eilte zu seinem Schreibtisch und zog sich die Tastatur heran. Ungeduldig tippte er mit den Fingern auf die Schreibunterlage, als sich die aufgerufenen

Programme viel zu langsam öffneten.

»Wie heißt er?«, wollte er wissen, ohne seinen Blick vom Bildschirm zu nehmen.

»Wer, Jakob?«

»Klar, wer sonst? Wie hat er sich nach dem Krieg genannt?«

»Ludger Ehrenbrink«

Laser hämmerte die Daten in den Rechner und wartete.

»Bingo!«, sagte er schließlich. »Da ist er. Ehrenbrink, Ludger. Geboren 28.06.1932. Hat sich bei der Gelegenheit gleich ein paar Jahre jünger gemacht.«

Er druckte die Seite aus und hielt sie Sellberg hin. Der überflog den Ausdruck und sah auf die Uhr.

»Hat Ehlentrup auch durchblicken lassen, ob er heute noch Kontakt zu seinem Halbbruder hat?«

Oberhaus verneinte. »Es hörte sich nicht so an, nein. Aber mit Sicherheit sagen kann ich es nicht.«

»Wäre interessant zu erfahren. Wie dem auch sei; Maike und ich fahren da morgen mal vorbei. Heute ist es zu spät. Apropos Maike ...«

Er hatte es kaum ausgesprochen, da griff Laser schon zum Telefon.

* * *

Von einem Moment zum anderen war das Leben in Maike zurückgekehrt. Schon beim Betreten des Raumes, als sie Oberhaus erblickte, schwante ihr wohl die Bedeutung dieses Treffens und warum sie und Patrick noch einmal zu Laser ins Büro kommen sollten.

Nachdem Kurt sie alle auf den gleichen Stand gebracht hatte, zögerte sie keine Sekunde.

»Dann brauchen wir einen Lockvogel. Ich mach das!«

Roman und Kurt sahen sie verstört an.

»Lockvogel?«, fragte Roman. »Wofür denn Lockvogel?«

»Ganz einfach. Wenn ich Kurt richtig verstanden habe, wissen wir jetzt zwar, was mit Jakob seinerzeit passiert ist, aber wir haben noch keine Ahnung, wo Ina ist. Also werde ich mich ab morgen vermehrt am Silbersee aufhalten. Vielleicht zeigt sich unser Freund ja.«

»Bist du jetzt völlig übergeschnappt?« Laser meinte, sich verhört zu haben. »Das kannst du vergessen.«

Maike schüttelte vehement den Kopf. »Hast du eine bessere Idee, wie wir an diesen Typen rankommen?«

»Nein, grade noch nicht, aber *das* werden wir mit Sicherheit nicht tun.«

»Er wird eh nicht kommen.«

Oberhaus räusperte sich und verschaffte sich so Aufmerksamkeit. »Er hat noch nie zweimal nacheinander zugeschlagen. In jedem Jahr war es nur ein Opfer, das er sich geholt hat. Er würde nicht kommen.«

»Scheiße!« Maike sprang von ihrem Stuhl hoch und lief durch den Raum. »Was dann? Dieses Rumgesitze geht mir auf den Sack. Hat keiner eine Idee?«

Mitleidig blickte Kurt zu Roman und machte mit den Händen eine auffordernde Geste, doch der zuckte auch nur mit den Schultern.

»Wir müssen mit den Kollegen aus Tecklenburg reden, oder wer auch immer dort zuständig ist. Das ist das Naheliegendste. Und dann«, er wandte sich an Maike, »habe ich vorgeschlagen, dass wir gleich morgen früh dahinfahren. Dann sehen wir weiter.«

»Warum warten? Wieso fahren wir nicht gleich da vorbei?«

»Maike, bitte.« Laser versuchte sie zu beruhigen. »Ehrenbrink hat nach Lage der Dinge nichts mit dem Verschwinden von Ina zu tun. Also können wir gar nichts sofort unternehmen. Das müsstest gerade du wissen.«

Maike willigte notgedrungen ein, Kurt brauchte sie überhaupt nicht an die Vorschriften zu erinnern.

Bevor sie sich in einem anderen Bundesland dienstlich bewegen konnten, mussten bestimmte Regularien eingehalten werden. Die in die Wege zu leiten, war ihr Metier. Das würde zwar nicht lange dauern, aber da hier keine unmittelbare Gefahr vorlag, mussten sie sich an den offiziellen Weg halten. So schwer es ihr fiel, heute gab es nichts mehr zu tun.

»Einverstanden«, meinte sie knapp.

Teil sechs

Freitag

Zweiunddreißig

Sie mussten nicht lange suchen, um den Hof der Familie Ehrenbrink zu finden.

Inmitten von unzähligen Rapsfeldern, die mit ihren gelben Blüten einen schier endlosen Teppich bildeten, fuhren sie auf den Hof, auf dem ein liebevoll gepflegtes Fachwerkensemble stand.

»Hier lässt es sich doch auch nett leben«, meinte Maike anerkennend.

So schwer es ihr gefallen war, gestern Abend nichts mehr unternehmen zu können, so tatenhungrig war sie heute.

Am Abend zuvor hatte sie noch kurz mit Roman zusammengesessen und ein Glas Wein getrunken, ehe er sich in sein Hotel zurückgezogen hatte. Vielleicht lag es auch an ihr, war sie doch an diesem Abend eine schlechte Gesellschaft gewesen. Mehr als es ihr lieb sein konnte, setzte ihr der Fall zu.

Und so war es kein Wunder, mal wieder eine fast schlaflose Nacht durchlitten zu haben. Sie sehnte sich danach, einfach mal nur durchzuschlafen.

Nach einem unrunden Lauf mit schweren Beinen war sie gleich um sieben im Büro gewesen, um sich alle verfügbaren Informationen über Ludger Ehrenbrink zu besorgen. Hier hatte ihr der Umstand geholfen, für die überörtliche Zusammenarbeit zuständig zu sein und somit Zugang auf die Datenbanken der Polizeidienststellen anderer Bundesländer zu haben.

Anschließend hatte sie Kontakt zu den Kollegen in Tecklenburg aufgenommen und sich bei ihnen ein bisschen nach ihrem Kandidaten umgehört. Wie zu erwarten war, gab es nichts über ihn zu berichten. Ein Kollege kannte sogar dessen Hof, weil dort früher immer ein Frühlingsfest stattgefunden hatte. Aber seit einigen Jahren gäbe es das nicht mehr. Vermutlich aus Altersgründen hatte Ehrenbrink die Ausrichtung der Veranstaltung aufgegeben, so hatte der Mann vermutet.

Den Informationen nach lebte Ehrenbrink alleine, was sie ein bisschen erstaunte, pflegten doch gerade Landwirte für gewöhnlich ein intaktes Familienleben, bei dem nicht selten drei Generationen unter einem Dach lebten. Er aber wohnte, wie übrigens sein Halbbruder, abgeschieden auf dem Hof. Eine interessante Gemeinsamkeit, wie sie fand.

Maike parkte ihr Auto unter eine mächtige Eiche, die allem Anschein nach kurz nach dem Errichten des Hofes gepflanzt worden war. Unter ihr standen verschnörkelte, reich verzierte Bänke aus Holz, die an heißen Sommertagen bestimmt ein hervorragendes schattiges Plätzchen boten.

»Wie alt ist er heute?«, fragte Roman, als sie auf dem Hof standen und sich umsahen.

»Kommt drauf an, wen du meinst. Jakob ist sechsundachtzig, Ehrenbrink zweiundachtzig. Das kannst du dir aussuchen«, gab sie süffisant zurück.

»Und der hält ganz alleine das alles hier in Schuss?« Roman war sichtlich erstaunt. »Hier liegt ja nicht ein Sandkorn herum. Donnerwetter …«

Maike warf ihm einen verächtlichen Seitenblick zu. »Also, wenn deine einzige Sorge ist, wie es hier aussieht, ist ja alles gut.«

»Hey, nun bleib mal locker.«

Sie hob entschuldigend die Hände. »Sorry, ich bin nur grad etwas angepisst.«

Roman nahm sie in den Arm. »Kann ich ja verstehen,

aber du musst runterkommen. Wir haben schließlich nichts gegen ihn vorliegen. Denk immer daran.«

»Außer Urkundenfälschung und einiger Kleinigkeiten.«

»Geschenkt.«

Sie hatten den Eingang noch nicht erreicht, als sich die Tür öffnete und ein großgewachsener Mann auf sie zukam, der sie mit skeptischem Blick musterte. Sollte einer der Landwirte sie etwa angekündigt haben?

Maike suchte nach Ähnlichkeiten zu Hagenkord oder Ehlentrup, fand aber auf die Schnelle keine. Höchstens die Augen, die glichen ein wenig denen von Hagenkord.

»Ehrenbrink, Ehlentrup oder Hagenkord? Wie reden wir ihn denn nun an?«, raunte Roman Maike zu.

»Völlig schnuppe. Hauptsache, du bringst nicht wieder die Potsdamer-Masche. Wir sind heute keine Anhänger einer Sekte, oder so.«

»Keine Sekte, wir waren von einer Glaubensgemeinschaft.«

»Sag ich doch.«

Da Maike ihren Wagen seitlich geparkt hatte, konnte der Mann das Kennzeichen noch nicht sehen und daher auch nicht wissen, es hier mit Leuten aus Niedersachsen zu tun zu haben.

Vielleicht blieb ihr so noch Zeit, ein zunächst unverfängliches Gespräch in Gang zu bringen.

Denn obwohl sie seit gestern an kaum etwas anderes mehr denken konnte als an dieses Treffen, hatte sie beim Gedanken daran ein ungutes Gefühl. Es juckte sie zweifelsohne in den Fingern, aber sie konnte ja schlecht gleich mit der Tür ins Haus fallen.

»Guten Tag, suchen Sie jemanden?«, fragte der Mann, als er vor ihnen stand.

Dieses Mal war vereinbart, ihr die Führung zu überlassen. Roman sollte sich zurückhalten, was ihm nicht schwerfiel, schließlich war das zuallererst immer noch ihr Fall. Nun war er gespannt, wie Maike sich verhalten würde.

»Guten Tag. Ja, tun wir. Mein Name ist Wasmuth, das ist mein Kollege Sellberg. Wir ermitteln in einem Vermisstenfall«, entschied sie sich doch für den direkten Weg.

Roman war neben sie getreten und grüßte den Mann mit einem Lächeln.

»Aha, Sie sind von der Polizei?«

»Ja, Kriminalpolizei, um genau zu sein.«

Maike zog ihren Ausweis aus ihrer Innentasche. Der Alte nahm ihn ihr ab und warf einen Blick darauf. Jetzt erst fiel ihr auf, dass er keine Brille trug. Sie sah sich die Augen aus der Nähe noch einmal genauer an und war sich plötzlich sicher, darin eine Ähnlichkeit mit Hagenkord zu erkennen.

Der Alte gab ihr den Ausweis zurück. »Aus Osnabrück sind Sie … Wie kann ich Ihnen da helfen?«

Maike steckte den Ausweis wieder ein.

»Die Frau, um die es geht und die seit Sonntag vermisst wird, ist zuletzt am Hüggel gesehen worden. Unweit des Silbersees. Vielleicht kennen Sie die Gegend?«

Sein Blick wurde ein Deut misstrauischer. Nicht viel, aber geschulten Augen entging das nicht.

Schließlich schüttelte er den Kopf. »Nein, tut mir leid. Kenne ich nicht.«

»Schade«, meinte sie und sah kurz zu Sellberg. »Wir dachten uns, das alte Bergwerk war doch sicherlich ein beliebtes Ausflugsziel für Schulklassen. Eine Wanderung im Wald, bisschen Geschichte schnuppern. Das ist doch bestimmt spannend. Früher konnte man dort ja sogar noch schwimmen, im Silbersee. Waren Sie als Kind nie dort?«

»Nein, wie ich schon sagte, die Gegend ist mir völlig fremd. Wo soll das sein? In Osnabrück?«

»Nein, nicht ganz. Der Hüggel liegt ziemlich genau auf der Grenze zwischen Hasbergen und Hagen a.T.W.. Wenn man von hier kommt, liegt er vor Osnabrück.«

»Aha ... in die Gegend zieht es mich selten. Hat es mich noch nie gezogen, um genau zu sein. Ich bin immer schon lieber hier im Tecklenburger Land geblieben.«

»Kann ich verstehen. Nun ...« Maike vergrub ihre Hände in den Jackentaschen und gab sich betont gelassen. »Vielleicht sind Sie nicht oft bei uns unterwegs, aber wie sieht es mit Jakob aus? Vielleicht war der ja mal da. Was meinen Sie?«

Das saß! Ein fast unmerkliches Zucken verriet die Richtigkeit aller Informationen, die sie von Oberhaus erhalten hatten. Mit jeder Sekunde, in der die Frage in der Luft hing, bröckelte die Fassade von Ehrenbrink ein bisschen mehr. Sie hatten ihn da, wo sie ihn haben wollten, schneller als beabsichtigt und geplant. Jetzt galt es, nicht lockerzulassen.

Roman konnte sich nicht mehr länger beherrschen und übernahm die Initiative. »Herr Ehrenbrink, um es gleich klarzustellen: Uns interessiert Ihre Urkundenfälschung zurzeit nicht die Bohne. Was damals passiert ist, ist ein ganz anderes Thema. Sie wissen jetzt, dass wir im Bilde sind. Dabei belassen wir es für den Augenblick. Wir sind viel mehr daran interessiert, etwas über das Verschwinden von Ina Gebauer herauszufinden, und wir glauben, dass Ihr damaliges Untertauchen mit dieser Sache zu tun hat. Genau wie die anderen beiden Fälle übrigens, die sich da zugetragen haben. Mögen Sie dazu etwas sagen?«

Ehrenbrink atmete hörbar ein. »Wollen wir uns nicht setzen?«

Er wies auf die Bänke unter der Eiche.

»Ich kann mir denken«, begann er, als sie Platz genommen hatten, »dass Heinrich Ihnen das erzählt hat. Ehrlich gesagt wundert mich, dass man da nicht viel eher drauf gekommen ist.«

»Wie hätte man darauf kommen können?«, fragte Maike dazwischen. »Das Geheimnis war bei ihm gut aufgehoben, und hätte er nicht davon erzählt, wären wir jetzt nicht hier. Ihre Verwandlung ist Ihnen gelungen. Zweifelsohne.«

Ehrenbrink wog unschlüssig den Kopf. »Mag sein. Aber schön war das nicht, um das gleich zu sagen. Die ganze Geschichte ist eine schwelende Wunde. Das können Sie mir glauben.«

»Davon bin ich sogar überzeugt«, meinte Roman.

»Als damals der Mann dort ums Leben kam, 1965, munkelte man das erste Mal, es hätte etwas mit mir zu tun. Mir kam das lächerlich vor. Ich hielt es für einen simplen Unfall, wie er in den Bergen immer mal wieder vorkommt. Erst als fünfundzwanzig Jahre später wieder jemand dort ums Leben kam, wurde ich stutzig. Ich habe mit Heinrich gesprochen, aber der wusste auch nicht weiter. Und das, obwohl er sonst auf alles eine Antwort hat.«

Ehrenbrink schüttelte matt den Kopf. »Was sollten wir auch tun? Irgendjemand lief da durch die Gegend und brachte alle fünfundzwanzig Jahre einen Menschen um. Was für ein Wahnsinn! Und als ich jetzt in der Zeitung gelesen habe, dass wieder eine Frau verschwunden ist, wusste ich eigentlich sofort Bescheid.«

»Aber gemeldet haben Sie sich nicht«, hielt sie ihm entgegen.

Er verneinte. »Nein, nach all den Jahren alles verraten?

Unmöglich.«

»Sie hätten es anonym tun können. Oder Heinrich. Nichts wäre herausgekommen.«

»Ich spielte mit dem Gedanken. Schon damals, 1990. Wir haben darüber gesprochen, aber Heinrich war absolut dagegen. Es war ihm zu riskant.«

»Herr Ehrenbrink«, setzte Maike behutsam nach einem Blick zu Roman an, »wie mein Kollege schon sagte, geht es uns nicht um damals. Das ist ein anderes Thema. Uns geht es allein um diese junge Frau vom Sonntag. Haben Sie eine Ahnung, wer die Taten verübt haben könnte, oder wo sie sich aufhalten könnte?«

Heftig schüttelte er den Kopf. »So gern ich Ihnen das sagen würde, ich habe keine Ahnung.«

Hilfesuchend sah sie zu Roman, der unmerklich nickte. Das klang glaubwürdig.

Maike verzweifelte. Natürlich hatte sie nicht damit gerechnet, hier und heute einen Namen zu erfahren, aber jedes Mal, wenn sie mehr über die Vorgänge von damals erfuhr, wenn sie meinte, einen Schritt weiterzukommen, wurde sie wieder enttäuscht. Diese Ernüchterung schmerzte.

Wie sollte sie Ina so helfen können? Es war doch die einzige Möglichkeit, die sich ihnen bot.

Und jede Hoffnung endete mit einem Rückschlag. Es war zum Verzweifeln.

»Ist es«, unternahm sie einen neuen Versuch, »denkbar, dass einer Ihrer damaligen Freunde etwas damit zu tun hat?«

Ehrenbrink sah sie verwundert an. »Wir waren Kinder damals. Und dann kam der Krieg. Nein, ich glaube nicht.«

»Haben Sie außer zu Herrn Ehlentrup noch anderen Kontakt zu früher?«, wollte Roman wissen. »Wer weiß noch alles von Ihrem neuen Leben?«

Er schüttelte den Kopf. »Niemand. Ich war ab und zu mal in Hagen, das schon. Aber niemand weiß, wer ich wirklich bin.«

»Und was ist mit Herrn Hagenkord? Besteht da noch Kontakt?«

Vor Sellbergs geistigem Auge erschien der Alte, wie er ihnen mit traurigem Blick vorhielt, Jakob wäre doch sein Bruder.

»Manchmal. Er kommt manchmal vorbei. Aber auch er hat damit nichts zu tun. August ist in Ordnung.«

»Das wissen wir«, sagte Sellberg und stand auf.

Maike hielt es auch nicht mehr auf der Bank. Sie folgte Roman und schlenderte neben ihm her.

»Und nun?«, fragte sie, als sie außer Hörweite waren.

Roman blickte in die Ferne. »Wenigstens wissen wir jetzt mit Sicherheit, dass Jakob damals nicht gestorben ist.«

»Klar. Aber hat er damit etwas zu tun? Was meinst du?«

»Nein, ich glaube nicht. Jede Tat braucht ein Motiv. Welches sollte er haben? Warum sollte er so etwas tun? Welchen Zweck sollte er damit verfolgen? Alles Fragen, auf die ich keine Antwort habe, außer, ihn als Täter auszuschließen.«

»Also doch eine Art Trittbrettfahrer?«

»Wahrscheinlich, ja. Aber auch hier die Frage: Was bezweckt der damit?«

»Wichtiger ist für mich, ob es überhaupt einer sein kann, der damals nicht dabei war.«

»Falscher Ansatz, Maike. Wie wir wissen, hat sich das Verbrechen - oder was alle dafür hielten - von ganz alleine im Ort herumgesprochen. So ziemlich jeder über siebzig wird es kennen. Somit wäre jeder tatverdächtig. Wenn aber jemand so eine Tat begeht, immer in dem gleichen Abstand, dann um etwas zu bewirken. Er will eine Botschaft übermitteln, auf irgendwas hinweisen.«

»Vielleicht liegen wir komplett daneben«, ließ sie Roman an ihren Gedanken teilhaben. »Vielleicht geht es gar nicht darum, die Erinnerung an die Tat wachzuhalten oder irgendjemandem ein schlechtes Gewissen zu machen. Vielleicht geht es einfach nur um das Gedenken an Jakob?«

Roman fuhr herum und sah sie erschrocken an. »Maike, das ist es! Das ist der Ansatz!«

»Was?«, fragte sie irritiert.

Mit schnellen Schritten war er wieder bei Ehrenbrink, der zusammengesunken auf der Bank saß.

Es schien, als wäre sein ganzes Leben in diesen Minuten aus der Bahn geraten. Seine ganze Verwandlung war umsonst gewesen. Er wirkte niedergeschlagen, als Roman ihn ansprach.

Er wechselte einige Worte mit ihm, die Maike nicht mitbekam, und drängte sie dann geradezu zum Auto. »Komm, wir müssen los!«

»Wohin denn verdammt? Roman, nun sag doch!«

»Das erzähle ich dir im Auto!«

Dreiunddreißig

Sie gab sich allergrößte Mühe, doch Roman blieb stur. So sehr sie sich auch anstrengte, was sie auch fragte, sie bekam es nicht raus.

Während Maike den Wagen wieder Richtung Autobahn steuerte, zermarterte sich Roman den Kopf. Jeden Versuch ihn zu stören, wies er mit einer energischen Handbewegung zurück.

»Willst du mir nicht langsam mal sagen, was los ist?«

Roman blieb dabei. »Nein. Ist eine Marotte von mir. Wenn ich einen Gedankengang habe, muss ich ihn für mich verfolgen und abklopfen. Wenn ich jetzt schon zu viel darüber spreche, wird das nix. Sieh du nur zu, dass du schnellstens zum Präsidium kommst, dann sehen wir weiter.«

Sie gab es kopfschüttelnd auf. »Ich mach ja. Aber fliegen kann ich auch nicht.«

Die Baustelle auf der Autobahn bremste sie unfreiwillig aus, sobald aber der Weg frei war, trat sie aufs Gas.

»Hat es was mit dem zu tun, was ich gesagt habe?«

»Sicher. Du hast es wahrscheinlich nicht gemerkt, aber vielleicht sind wir der Lösung ein ganzes Stück nähergekommen.«

»Welcher Lösung? Ina zu finden, oder die alten Fälle zu lösen?«

»Beides, Herzchen. Beides.«

* * *

Kaum im Präsidium angekommen, stürzte Roman in Kurts Büro. »Wo ist die Akte Gebauer?«, rief er dem verdutzten

Hauptkommissar zu.

Laser griff sich eine Mappe und hielt sie ihm hin. Sellberg setzte sich an den Besuchertisch und begann zu blättern. Hektisch flog er über die Seiten. Maike folgte ihm mit einiger Verzögerung und sah erst ihn, dann Kurt ratlos an.

»Ist irgendwas passiert? Hat der gedopt?«, fragte er irritiert.

Maike zuckte mit den Schultern. »Wenn ich das wüsste … Wir waren bei Ehrenbrink und plötzlich ist er wie von der Tarantel gestochen zum Auto gerannt und hat zum Aufbruch geblasen. Ich kann machen was ich will. Er sagt mir nicht, wonach er sucht.«

»Vielleicht klärt uns der Herr Fallanalytiker mal auf?«, sprach er Sellberg an, der immer noch eifrig Seite um Seite aufschlug.

»Einen Moment, gleich hab ich´s. Da! Treffer! Jetzt bitte die Übersicht von Patrick. Die, wo er alle Fälle aufgeführt hat.«

Laser wechselte einen ratlosen Blick mit Wasmuth, suchte dann aber die entsprechende Mappe heraus. Wieder blätterte Roman einige Seiten um, bevor er mit dem Handrücken auf eine schlug.

»Dachte ich es mir doch!«, rief er aus.

Ohne weitere Erklärung, rannte er aus dem Büro. »Bin gleich zurück. Ich muss kurz was überprüfen«, war alles, was er den beiden über die Schulter zurief.

Maike setzte sich mit einem demonstrativen Ächzen auf den Stuhl.

»Was, um Himmels willen, ist da draußen passiert?«

Wieder konnte sie nur eine hilflose Geste machen. »Ich habe nicht die Spur einer Ahnung. Mit einem Mal wurde er hektisch und drängte zum Aufbruch. Ich frag mich auch die ganze Zeit, was er wohl ausheckt, aber ich habe keinen Schimmer.«

»Hat er das öfters?«

»Mitunter. Wenn Roman erst einmal einen Gedanken hat, ist er durch nichts zu bremsen. Dann gehen die Pferde mit ihm durch. Hoffen wir nur, dass er mit seiner Ahnung richtig liegt.«

Keine fünf Minuten später tauchte Roman wieder im Büro auf. Mit triumphalem Grinsen hielt er Maike die aufgeschlagenen Mappen hin. Merkwürdigerweise wirkte das bei ihm nicht überheblich. Sie warf einen Blick darauf, ohne wirklich zu verstehen, worauf sie achten sollte.

Aber das kannte sie von ihm. Diese Nummer zog er gerne ab. Er machte sich einen Spaß daraus, selbst im unpassendsten Moment mit seinem Scharfsinn zu prahlen.

Maike reichte die Mappen an Laser weiter. »Blickst du, was er uns sagen will?«

Laser überflog beide Seiten und gab sich gleichfalls geschlagen. »Spann uns nicht auf die Folter. Worauf willst du hinaus?«

»Maike hat vorhin unbewusst ein mögliches Tatmotiv genannt. Im Hof von Ehrenbrink, erinnerst du dich? Als wir über die in Frage kommenden Täter gesprochen haben.«

Sie dachte angestrengt nach. »Wir haben viel gesagt. Jemand veranstaltet die Taten zum Gedenken an Jakob. Meinst du das?«

Er nickte. »Exakt. Jetzt die Frage: Wer hätte einen Grund, so etwas zu tun?«

»Keine Ahnung. Zuallererst die Familie, denke ich mal. Der Bruder. Einer, der ihn gut kannte und damit an ihn erinnern möchte.«

»Sehr gut. Wer noch?«

Sie hob verzweifelt die Arme. »Die Mutter, aber die ist ja auch Verwandtschaft. Ein guter Freund käme auch noch in Betracht.«

»Richtig, auch gut. Aber eine Möglichkeit haben wir noch gar nicht bedacht. Schaut euch doch mal an, wer die letzten beiden Opfer im Hüggel gemeldet hat.«

Maike beugte sich zu Kurt und gemeinsam suchten sie die entsprechende Stelle in Patricks Aufstellung.

»Ich werd verrückt. Beide Male ein und dieselbe Person«, entfuhr es Maike.

»Maria Weinreich«, ergänzte Laser.

»Genau. Frau Weinreich hat sowohl 1965 als auch 1990 die beiden Unfälle gemeldet. Die gute Dame wohnt übrigens ganz in der Nähe vom Hüggel, allerdings auf Hasberger Seite.«

Maike wurde schummrig. »Du willst doch nicht sagen, dass die Frau die Taten verübt hat, weil sie mit Jakob …«

»Es waren Kinder, Maike, vergiss das nicht.«

»Aber was dann? Die Dame hat doch irgendwas damit zu tun. Das meinst du doch, oder?«

Roman nickte eifrig. »Ich gehe davon aus, ja. Ich verwette meine Pension, dass diese Dame damals auch Teil der Gruppe war, die mit im See planschte. Die Gruppe, die Poggemann dir und Patrick gegenüber erwähnt hat.«

»Und die als junges Mädchen ein Auge auf Jakob geworfen hat. Mit Verlaub, du spinnst doch«, echauffierte sich Laser. »Die Dame hat zweimal die Leichen gefunden. Gut. Aber was heißt das? Hier steht, dass sie gerne dort spazieren geht. Schließlich wohnt sie nur dreißig Minuten vom Hüggel entfernt. Da liegt es nahe, dass man als Wanderer öfters mal dort vorbeikommt.«

»Natürlich. Aber ich habe mit keiner Silbe erwähnt, dass sie damals in Jakob verknallt war. Haltet mich doch nicht für so töricht. Aber wenn sie Teil der Gruppe war, kannte sie Jakob sicherlich.

Ich will nicht übertreiben, aber kann es nicht sein, dass man auch als kleines Kind schon seine besonderen Spielkumpel hat? Das kennen wir doch alles aus der Schule. Mit manchen spielt man lieber als mit anderen. Das ist der Ansatz.«

»Also hat die Dame sozusagen das Gedenken an Jakob hochgehalten«, warf Maike ein. »Nehmen wir das nur einmal an. Kann ja sein. Aber wozu? Aus Trauer, dass ihr kleiner Kumpel ums Leben gekommen ist? Wohl kaum. Dann kann sie es ja nur getan haben, um jemandem zu schaden, unter Druck zu setzen oder was auch immer.«

»Moment«, rief Laser dazwischen. »Du redest schon so, als wäre die Frau unsere Tatverdächtige. Das verbitte ich mir.«

»Geschenkt. Wir spielen ja nur den Fall durch, dass die These von Roman zutrifft. Also: Warum veranstaltet sie das Ganze?«

»Gute Frage«, gab Roman zurück. »Das weiß ich noch nicht. Die ganze Rückfahrt habe ich mir den Kopf über eben diese Frage zerbrochen. Ich kann es mir nur so erklären, dass die Erinnerung so gewaltig und dominant ist, dass sie alles andere überlagert. Sie muss es in dem Fall - wenn wir annehmen, dass sie es gewesen ist - gar nicht getan haben, um jemandem zu schaden. Denn schließlich war es in Hagen ja sowieso ein offenes Geheimnis, dass Ehlentrup Senior ein Schwerenöter war. Ihm oder seinem Sohn musste sie nicht an den Karren fahren. Außerdem konnte der

Sohn nichts für die Tat seines Vaters. Vielleicht liegt der Grund aber auch woanders, aber das wissen wir erst, wenn wir die Dame besucht haben.«

»Du willst zu ihr?«, fragte Maike.

»Exakt. Und zwar auf der Stelle. Kaffeekränzchen mit Senioren Teil zwei. Du musst mit, ich kenne den Weg nicht.«

Sie sah zu Laser, der resignierend die Arme hob. »Ich halte das zwar für eine Schnapsidee, aber macht, was ihr wollt. Gegen den geballten Sachverstand von Roman komme ich sowieso nicht an. Aber fasst mir die Dame nicht zu fest an. Gegen sie liegt schließlich nichts vor.«

Vierunddreißig

»Weißt du, was mir nicht aus dem Kopf geht?«

Maike bog vom Kollegienwall auf den eigentlich für den Privatverkehr gesperrten Neumarkt ab und schnitt einen Bus, der eine unfreiwillige Vollbremsung vollziehen musste. Sie fädelte sich in die linke der beiden Spuren ein, die aus der Stadt ins Umland führten.

»Nein, was?«

»Spielen wir mal den Gedanken durch, den wir vorhin hatten. Nehmen wir an, die alte Dame hat tatsächlich etwas mit den beiden Fällen zu tun. Abgesehen davon, dass ich nicht glauben kann, wie eine fast Sechzigjährige einen Mord oder Totschlag begehen will, auch wenn es natürlich schon vorgekommen ist, wird sie wohl kaum etwas mit dem Verschwinden von Ina zu tun haben. Oder was meinst du?«

»Schwer vorstellbar. Aber das ist eine der Fragen, die ich mir auch unentwegt stelle. Warum Ina?«

»Vielleicht ist sie doch einfach bloß in die Hände eines Verrückten geraten und ihr Verschwinden hat überhaupt nichts mit dieser Serie zu tun. Wäre das nicht die wahrscheinlichste Möglichkeit?«

»Absolut. Dann wäre es zwar ein wirklich dummer Zufall, aber ausgeschlossen ist das natürlich nicht.«

»Wie bist du überhaupt auf sie gekommen? Auf Frau Weinreich?«

»Vorsicht!«

Vor Maike zog ein SUV ohne zu blinken auf ihre Spur und wäre um ein Haar mit ihnen kollidiert, hätte Maike nicht so reflexartig reagiert.

»Dieser Spinner«, schimpfte Roman.

Maike winkte ab. »Das ist Alltag. Die fahren ständig so.«

»Bei uns auch.« Roman entspannte sich wieder. »Wie ich auf Frau Weinreich gekommen bin? Da kann ich mich bei meinem Namensgedächtnis bedanken. Mir ist eingefallen, ihren Namen in der Aufstellung von Patrick gelesen zu haben. Ich habe Nachbarn, die drei Häuser weiter wohnen. Die heißen auch so. Wahrscheinlich hat mir das geholfen. Wie dem auch sei. Alleine die Tatsache, dass sie alle zwei Opfer gemeldet hat, ließ mich stutzig werden. Und dann wollte ich wissen, ob sie noch lebt und ob sie in der Nähe des Hüggels wohnt. Beides traf zu, was in den Akten stand, weil sie ja von deinen Kollegen in dieser Woche im Zuge der Umfeldbefragung aufgesucht wurde.

Als ich dann schließlich die Abfrage bezüglich Geburtsdatum, Geburtsort und so gestartet hatte, passte es einfach: Eine Frau, die damals mit an Sicherheit grenzender Wahrscheinlichkeit auch dabei war, Jakob gekannt haben dürfte und die heute noch in der Nähe wohnt.«

»Ich kann mir nicht helfen. Irgendwie ist es ein bizarrer Gedanke, dass jemand einen Mord begeht, nur um an einen Freund aus Kindertagen zu erinnern.«

»Wieso *nur*? Mord aus Liebe ist das stärkste Motiv, zu dem Menschen fähig sind, Maike.«

»Echt?«, fragte sie erstaunt.

»Echt. Guck dir nur mal an, wie viele Tötungsdelikte aus Eifersucht geschehen! Das ist auch eine Form der Liebe.«

»Stimmt wohl«, meinte sie nachdenklich.

Vor Holzhausen fuhren sie im Kreisverkehr in der ersten Ausfahrt ab und erreichten nach wenigen Kilometern die ersten Ortsteile von Hasbergen. Maike bremste den Wagen ab, um die Straßenschilder besser lesen zu können. Blöderweise hatte sie ihr Navi im Büro liegen gelassen. Ein hinter ihr fahrender Kleinlaster überholte sie und brachte seinen Unmut kurz hupend zum Ausdruck.

»Da«, riefen Maike und Roman im Chor.

Sie fuhr in die hier schon schmale Straße, die mehr ein Weg war. Nach wenigen hundert Metern verengte dieser sich weiter, sodass sie inständig hoffte, es würde ihr keiner entgegenkommen.

»Bitte nicht wieder ein Bauernhof«, schickte sie ein Stoßgebet zum Himmel. »Mein Bedarf an Bauern ist ganz allmählich gedeckt.«

Roman schmunzelte. »Dabei wollte ich dich immer schon mal zu einem Urlaub auf dem Bauernhof einladen.«

»Rasend komisch …«

»Das muss es sein«, meinte Roman und warf einen Blick auf die Kopie der Akte.

Zur Linken stand ein weiß verputztes Haus, dessen Zustand auf ein hohes Alter schließen ließ. Schon aus der Entfernung erkannten sie, dass die Farbe der Holzrahmen an den Fenstern in großen Stücken abblätterte. Einige dünne Risse zogen sich über die Hauswand und auf dem Dach waren etliche Ziegel verrückt.

Rund um das Haus befand sich ein Garten, der zwar nicht verwildert, aber alles andere als gepflegt war. Der Gartenzaun, der das Grundstück zur Straße hin begrenzte, war schief und wies Löcher auf.

Maike zögerte einen Moment und überlegte, wo sie den Wagen abstellen sollte. Auf dem Weg stehenlassen konnte sie ihn nicht, weil sonst niemand mehr vorbeikam. Das gesamte Anwesen erschien ihr aber gleichfalls nicht als geeigneter Stellplatz.

Roman bemerkte ihr Zögern und wies nach vorn. »Guck mal, da vorn geht ein Waldweg ab.«

Sie parkten den Wagen und gingen langsam die wenigen Meter zurück.

»Das passt schon mal«, meinte sie leise.

»Was?«

»So habe ich mir das Haus vorgestellt. Eine gepflegte Villa hätte aber mal so gar nicht gepasst.«

»Wohl wahr. Ist bestimmt ihr Elternhaus, so wie das aussieht.«

Sie stutzte. »Warte mal. Ich lach mich ja kaputt, wenn dies sogar das Haus ist, in dem Jakob nach der Sache untergekommen ist. Bevor er nach Brochterbeck kam.«

»Durchaus möglich. Aber hieß es nicht, das sei ein Hof gewesen? Vielleicht gab es hier mal einen … aber das würde ja noch einmal ein stärkeres Motiv abgeben. Wenn beide hier auf engstem Raum zusammen waren, wer weiß, in was sich die gute Frau da reingesteigert haben könnte.«

Sie erreichten die Haustür und Maike suchte noch die Klingel, als Roman sie am Arm zurückhielt.

»Jetzt höre ich schon Stimmen. Spricht da nicht jemand?«

Er ging nach rechts um das Haus, den Stimmen nach.

Sie wusste selbst nicht warum, aber Maike griff nach ihrer Waffe und zog sie heraus. Als sie diese entsicherte, drehte sich Roman erschrocken um. »Nur zur Sicherheit«, beruhigte sie ihn, als sie die Waffe wieder wegsteckte. »Ich mag keine Überraschungen.«

„Das ist eine alte Frau, Maike!“

„Lass das bitte meine Sorge sein“, ließ sie sich nicht beirren.

Er nickte und ging langsam weiter. Schließlich erreichte er die Terrasse und blieb wie angewurzelt stehen. Maike ging so dicht hinter ihm, dass nicht viel gefehlt hätte und sie auf ihn geprallt wäre.

Sie war an der Seite vom Haus und konnte die Terrasse noch nicht einsehen, aber auch sie war irritiert. Sie lauschte. Eine der Stimmen kam ihr bekannt vor, zumindest der Dialekt, den sie hier in den letzten Tagen jetzt schon so oft gehört hatte.

Sie trat neben Roman und traute ihren Augen nicht: Die beiden Leute auf der Terrasse saßen mit dem Rücken zu ihnen, aber die unverkennbare Kontur des Mannes erkannte sie sofort.

Sie stieß Roman in die Seite, was er mit einem Nicken quittierte.

Maike hielt es nicht mehr. »Guten Tag, entschuldigen Sie die Störung. Herr Hagenkord, welche Überraschung!«

* * *

Einzig die Frau fuhr für ihr Alter erstaunlich geschwind herum. Hagenkord dagegen blieb entspannt auf seinem Stuhl und sah sie an.

»Wer sind Sie?«, herrschte sie die Frau an.

Hagenkord hielt sie mit seinem Arm zurück. »Alles in Ordnung, Maria. Die sind von der Polizei.«

Frau Weinreich beruhigte sich nur langsam. »Mag sein. Aber warum laufen Sie einfach auf meinem Grundstück herum?«

»Nicht einfach«, meinte Roman. »Wir wollten zu Ihnen und gerade klingeln, als wir Stimmen hörten. Da haben wir uns gedacht, wir können uns das Klingeln sparen und gleich in den Garten kommen. Es tut uns leid, wenn wir Sie gestört haben sollten.«

»Nein, nein. Schon gut. Und was wollen Sie von mir?«

Maike war immer noch völlig perplex und konnte ihren

Blick nicht von Hagenkord lösen.

»Also, Sie hätte ich hier jetzt aber am wenigsten erwartet.«

»Na, hören Sie mal«, entgegnete Hagenkord mit gespielter Entrüstung. »Maria ist ja gewissermaßen meine Nachbarin. Da darf ich doch wohl mal bei ihr im Garten sitzen.«

»Nachbarin ist gut«, schmunzelte Sellberg. »Immerhin liegt da ein nicht kleiner Hügel dazwischen und da ich hier weder ein Auto noch ein Fahrrad sehe, sind Sie ja offensichtlich zu Fuß hier. Netter Spaziergang, wirklich.«

»Und wo Sie doch so viel zu tun haben«, warf Maike ein. »Wie Sie nicht müde werden zu betonen.«

Hagenkord wurde ernst. »Es ist ja nicht verboten, sich zu treffen, ne?«

Maike kam noch einen Schritt näher. »Jetzt hören Sie mir mal zu, guter Mann«, zischte sie, wobei sie sich nur schwer unter Kontrolle halten konnte. »Über die Tatsache, dass Sie uns Ihren Bruder verschwiegen haben, ja, sogar dass er noch lebt, reden wir ein anderes Mal. Aber warum Sie hier bei einer nicht unwichtigen Zeugin sitzen, interessiert uns dann doch. Darüber möchten wir uns schon gerne mit Ihnen unterhalten. Mit Ihnen beiden.«

»Ts«, machte Hagenkord. »Wichtige Zeugin, das ist doch albern. Nur weil Maria hier wohnt und zweimal dort oben einen gefunden hat.«

»Was eine ziemlich hohe Trefferquote bedeutet«, meinte Sellberg.

»Einhundert Prozent«, stimmte Maike ihm zu. »Wenn man mal davon ausgeht, dass Jakob nie gefunden werden konnte und wir immer noch nicht wissen, was mit Ina passiert ist, hat Frau Weinreich alle bisherigen Opfer gefunden, die es am Hüggel gegeben hat. Für mich ist das kein Zufall.«

Maria Weinreich saß zusammengekauert auf ihrem Stuhl und hielt den Blick gesenkt. Obwohl sie krampfhaft die Lehne umklammerte, verriet ihre Körpersprache deutlich ihre Nervosität.

»Frau Weinreich? Möchten Sie nichts sagen?«

Hagenkord legte wieder seinen Arm auf ihren Schoß und sah sie an. »Vielleicht ist es wirklich an der Zeit, Maria. Es ist alles so lange her«, meinte er fast zärtlich zu ihr.

Die alte Frau saß regungslos da, dann setzte langsam ein Nicken ein. Erst zögerlich, dann bestimmter.

»Ich hab sie nicht zufällig gefunden«, sagte sie kaum hörbar.

Maike wechselte einen kurzen Blick mit Roman.

»All die Jahre habe ich geglaubt, Jakob wäre tot, umgebracht von diesem Verbrecher. Liegt da irgendwo im Berg. Dabei war er ein so toller Junge. Immer hat er mir geholfen. Groß war er für sein Alter. Und stark. Dann kam ich zu August auf den Hof; vor zwei Jahren war das. Ich erkannte ihn sofort. Diese Augen, genau wie damals. Ich hab ihm nicht gesagt, dass ich ihn erkannt habe. Nur August habe ich es gesagt.«

Maria Weinreich war noch mehr in sich zusammengesunken. Ihr stetiges Kopfnicken verriet, wie stark sie die Erinnerung aufwühlte.

»Und da haben Sie ihr die Geschichte erzählt?«, wandte Maike sich an Hagenkord.

»Maria tat mir leid. Einfach nur leid. Was machte es da noch? Sie wusste es sowieso.«

Maike zögerte einen Moment. Dann ging sie neben dem Stuhl von Frau Weinreich in die Hocke.

»Frau Weinreich«, sagte sie leise. »Wer hat die beiden

Menschen getötet? Wissen Sie das?«

Frau Weinreich antwortete nicht, sondern nickte stumm.

»Wer war es?«

»Ich hab es getan«, sagte Hagenkord entschlossen. Maike beachtete ihn nicht, sondern blieb bei Frau Weinreich. »Stimmt das, Frau Weinreich?«

Jetzt schüttelte sie den Kopf und holte tief Luft. »Ich war es«, flüsterte sie. »Wegen Jakob.«

Roman tippte Maike auf die Schulter. Sie verstand und erhob sich. »Komm«, sagte er leise.

Fünfunddreißig

Maike lehnte an ihrem Auto und beobachtete, wie Patrick Hagenkord und Weinreich zu einem Streifenwagen führte.

Die eben noch vorherrschende Idylle rund um das Haus war nicht wiederzuerkennen. Mehrere Fahrzeuge verteilten sich auf dem Hof und dem engen Weg, auf dem sich auch die ersten Nachbarn eingefunden hatten, nachdem sie von dem Auflauf Wind bekommen hatten.

Kurz nach dem Geständnis hatte Maike Kurt verständigt, der dann alles weitere veranlasst hatte. Keine halbe Stunde später stand er neben ihnen und ließ sich Bericht erstatten.

»Und wer deckt jetzt wen eurer Meinung nach?«, fragte er, nachdem Maike fertig war.

Maike zuckte ahnungslos mit den Schultern. Roman antwortete an ihrer Stelle: »Ich tippe mal stark, dass sie die Taten begangen hat. Das liegt einfach näher. Hagenkord wollte sicher nur den ehrenhaften Ritter spielen.«

»Verrückte Welt … aber über Ina haben sie nichts erzählt?«

»Nein. Es ist auch ausgeschlossen, dass die irgendwas damit zu tun haben«, meinte Sellberg.

»Schade. Also stehen wir hier immer noch mit leeren Händen da …«

Wasmuth nickte matt. »Es kann doch einfach kein Zufall sein, dass ihr Verschwinden genau in das Schema passt. Das weigere ich mich zu glauben. Da muss doch einer etwas damit zu tun haben, der auch um diese Fälle wusste.« Sie wies mit dem Kopf zum Haus.

»Das werden die Ermittlungen zeigen, Maike. Wir sehen uns natürlich die Kinder der Weinreich sehr genau an. Einer von denen wohnt ja sogar in Osnabrück.«

»… der aber auch schon Ende fünfzig ist«, warf Roman ein.

»Und? Wenn es stimmt, was sie sagt, war sie bei der letzten Tat auch schon über sechzig. Einen über das Geländer zu schubsen, ist ja nun wahrlich keine Herkulesaufgabe.«

Maike war sichtlich angefressen. »Ich warte jeden Moment auf den Gebauer. Das fehlte mir jetzt noch, dass der auch noch hier auftaucht.«

»Es wäre kein Wunder«, meinte Laser betrübt.

Es kehrte Schweigen ein. Stumm beobachteten die drei die Arbeiten, die am und im Haus begannen. Das übliche Procedere in solchen Fällen, wobei Laser zum jetzigen Zeitpunkt überhaupt keine Ahnung hatte, wonach sie suchen sollten. Ob es überhaupt zu einer Ermittlung kam, würde sich auch erst entscheiden, wenn der Staatsanwalt hier vor Ort eintraf, was seiner Erfahrung nach noch ein bisschen dauern konnte.

»Die KT hat doch immer was zu trinken mit«, sagte Maike plötzlich. »Ich geh mal gucken. Ich hab Durst. Noch jemand?«

Sellberg und Laser verneinten.

Sie entfernte sich von der kleinen Gruppe und hielt auf einen der weißen Sprinter zu, an dem sich gerade ein in weiß gekleideter Techniker zu schaffen machte.

»Ich würde dich gerne was fragen«, meinte Laser schließlich zu Sellberg.

»Bitte.«

»Haben die deiner Meinung nach etwas mit dem Verschwinden von Ina Gebauer zu tun?«

»Wer? Weinreich und Hagenkord? Niemals!«

»Was macht dich so sicher? Deren Alter?«

»Vor allem das. Aber ich verlasse mich da auch auf meine Menschenkenntnis. Hagenkord ist in meinen Augen absolut unverdächtig. Ein vom Leben gestrafter Mensch, der zwar viele Jahre lang ein Geheimnis mit sich herumtragen musste, aber keiner Fliege etwas zu Leide tun kann.

Bei ihr müssen wir mal schauen, aber ohne Psychologe zu sein, würde ich darauf tippen, dass es allein eine übersteigerte Sehnsucht nach der unerfüllten Liebe war. Wenn es so etwas gibt, keine Ahnung. Wie gesagt, ein Seelenklempner kann dir das besser beantworten. Aber jetzt, mit fast neunzig? Ausgeschlossen!«

Der Hauptkommissar hörte ihm aufmerksam zu und nickte bedächtig. »Aber wer dann? Weißt du, ich tue mich schwer mit der Vorstellung, es mit einem gewöhnlichen Delikt zu tun zu haben. Jetzt, nach all den Umständen. Da bin ich bei Maike.«

»Warum?« Roman fuhr herum. »Löse dich doch mal von den Fällen. Da ist zunächst allein das Verschwinden einer jungen Frau im Wald. Ich kann dir unzählige vergleichbare Fälle nennen, die in ein ähnliches Schema passen. Das weißt du selbst, du bist noch einige Jahre länger dabei als ich.

Es ist doch nicht ausgeschlossen, im Gegenteil sogar sehr wahrscheinlich, dass sich sonntags ein sexuell motivierter Täter hier im Wald aufhält und auf die passende Gelegenheit wartet. Was kann ihm da besseres passieren, als eine allein umherlaufende Frau?

Da halte ich es im Nachhinein für den weitaus größeren Zufall, sozusagen als Beifang, die anderen Fälle vermutlich aufgeklärt zu haben, die wir ohne Ina freilich wohl nie mehr angefasst hätten.

So schließt sich der Kreis, aber Inas Verschwinden kann ebenso ein singuläres Ereignis sein.«

»Was schlägst du also vor?«

Roman hob die Schultern. »Euch bleibt nichts anderes übrig, als wieder von vorne anzufangen. So bitter das ist. Natürlich hätte es gut gepasst, deshalb kam ich ja überhaupt erst drauf, aber löst euch von den Altfällen, da kommt ihr nicht weiter.«

»Scheiße«, rutschte es aus Laser heraus. »Entschuldige.«

Roman hob verständnisvoll die Hand.

Plötzlich kam Maike auf sie zugestürmt.

»Schnell, wir müssen los!«, rief sie aufgeregt.

Sellberg und Laser sahen sich perplex an.

»Was ist passiert?«, fand Laser als erster seine Fassung wieder.

»Ein unbekannter Anrufer hat eine Frau gemeldet, die orientierungslos durch den Hörner Bruch läuft.«

»Hörner Bruch?«, wiederholte Sellberg. »Was ist das denn?«

»Ein kleines Waldstück am Ortsrand von Osnabrück«, klärte ihn Laser auf. »Von hier aus kommst du fast dran vorbei, wenn du in die Stadt fährst.«

»Oh …«, war alles, was Roman sagen konnte. Dann zog ihn Maike schon hinter sich her.

»Nun komm doch!«

Endlich hat die Dunkelheit ein Ende. Die Dunkelheit, der sie seit Tagen ausgesetzt war. Wie dankbar sie für das spärliche Licht der Teelichte ist.

Es müssen Tage gewesen sein, obwohl jedes Zeitgefühl sie längst verlassen hat.

Zuerst dachte sie noch, seine Besuche kämen in regelmäßigen Abständen - einmal am Tag. Zuletzt war sie sich da nicht mehr so sicher.

So lange war da nur Einsamkeit, unterbrochen von seinen Besuchen.

Oft hat er sie angesehen, wenn er den Beutel abgestellt hat. Er hat sich unter die Luke gestellt und sie einfach nur angesehen. Minutenlang.

Bis sie all ihren Mut zusammengenommen und ihn angesprochen hat.

Was er wollte, hat sie ihn gefragt. Sie wollte doch nur nach Hause.

Angefleht hat sie ihn.

Er hat nicht geantwortet, nur geguckt.

Jetzt öffnet sich die Luke.

Wieder lässt er die Leiter hinunter, steigt aber nicht zu ihr herab.

Vorsichtig geht sie unter die Öffnung. Oben sieht sie ihn, er kniet an dem Loch.

Winkt ihr. Bedeutet ihr, nach oben zu kommen.

Zögerlich steigt sie die Sprossen empor.

Als sie oben ist, legt er den Kopf auf die Seite. Sieht sie wieder an.

Jetzt kann sie das erste Mal seine Augen sehen.

Ein leerer Blick ist es, der ihrem begegnet. Kein Verlangen, keine Sehnsucht. Nur Leere. Traurigkeit.

Er richtet sich auf und führt sie fast zärtlich weg von der Luke.

Sie folgt ihm und sieht nach links zur Chemietoilette, die sie in den vergangenen Tagen benutzen musste.

Hinter einer Ecke erkennt sie eine Tür. Er lässt sie anhalten und holt einen dunklen Sack hervor.

Sie weiß, was er von ihr will. Er braucht es nicht zu sagen.

Sie lässt sich den Beutel überziehen und am Hals zubinden.

Dann hört sie, wie eine Tür entriegelt und geöffnet wird.

Frische Luft umfängt sie.

Empfängt sie.

Plötzlich spürt sie einen Stich in ihrem Oberarm. Sie schreit erschrocken auf und merkt noch, wie die Kraft aus ihren Beinen schwindet und er sie festhält.

Dann weiß sie nichts mehr.

Sechsunddreißig

Die beiden Fahrzeuge rasten über die Holzhauser Straße in Richtung Osnabrück. Am Kreisverkehr in Holzhausen nahm Maike einem Kleinlaster die Vorfahrt. Während der kurzen Fahrt hatte sie hektisch versucht, mehr über den vermuteten Aufenthaltsort zu erfahren. Das Gelände am Hörner Bruch war nicht sehr groß, bot dafür aber einige Anfahrtmöglichkeiten. Im Wald selbst kam man mit dem Auto nicht weiter, weshalb sie es vermeiden wollte, die falsche Anfahrt zu nehmen. Der Kollege in der Funkzentrale konnte ihr aber nichts Genaues sagen, weil der Anrufer eben nur vom Hörner Bruch gesprochen hatte.

Die beiden anderen Streifenwagen, die er dorthin geschickt hatte, hatten sich noch nicht zurückgemeldet. Maike versuchte von unterwegs, die Wagen aus Osnabrück kommend in den Wald zu schicken. Sie selbst hatte sich dazu entschieden, von Sutthausen - und damit aus der entgegengesetzten Richtung - den Bruch anzufahren. Zusammen mit Laser und Bonhof würde sie den Kollegen entgegengehen. Sie kannte den Wald, hin und wieder war sie mit Bekannten dort laufen gewesen. Es gab einige Hauptwege, die in einem Kreis um, beziehungsweise durch den Wald führten. Von ihnen gingen einige kleinere Pfade ab, die aber allesamt wieder auf den Hauptweg mündeten. Alles in allem war der Wald sehr übersichtlich. Das würde ihnen in die Karten spielen.

Maike bog in viel zu hohem Tempo in die kleine Wohnsiedlung ein und stoppte unmittelbar hinter dem Bahnübergang. »Hier ist es. Über die Gleise und dann in den Wald. Das ist der Hörner Bruch.«

Roman nickte und verließ mit ihr den Wagen. Sofort entsicherte sie ihre Waffe. Roman wusste nicht, ob er es bedauern sollte, keine Pistole dabei zu haben.

Sie besprachen sich kurz mit Kurt und Patrick, die ihnen auch ein Funkgerät mitgaben, dann betraten sie den Wald.

Es würde nicht lange dauern und die von Laser angeforderten zusätzlichen Kräfte würden eintreffen, um die Zufahrten abzusperren. Was auch immer sie im Wald erwartete, umherlaufende Schaulustige, die vielleicht noch Spuren zertrampelten, konnte er jetzt am allerwenigsten gebrauchen.

An der ersten Gabelung teilten sie sich auf. Während Bonhof und Laser sich nach links orientierten und weiter an den Gleisen entlang marschierten, bogen Wasmuth und Sellberg nach rechts ab und drangen tiefer in den Wald ein. Es war Funkdisziplin ausgemacht, unnötiges Gequatsche würde sie zum Glück nicht stören. Maike suchte nur kurz den Kontakt zu den anderen Kollegen, die sich von ihrer Seite aus schon ein ganzes Stück in den Wald vorgearbeitet hatten.

Mit schnellen Schritten eilten sie vorwärts, als plötzlich eine hektische Stimme aus dem Funkgerät sie zusammenfahren ließ.

»Volltreffer. HiLoPe gefunden«, sagte einer ihrer Kollegen. »Etwa einhundert Meter vom Waldkindergarten entfernt, kommen!«

Maike blieb kurz stehen, dann wies sie nach links. »Das ist da drüben. Der Kindergarten ist dort hinten.«

Sie verfiel in einen Laufschritt, dem Roman so gerade eben folgen konnte. Erleichtert registrierte er, dass der alte Bauwagen, der als Kindergarten diente, schon nach wenigen Metern vor ihnen durch die Bäume schimmerte.

Als sie ihre Kollegen erreicht hatte, sah sie, wie Patrick von links auf sie zugelaufen kam. Von Kurt war zunächst nichts zu sehen. Maike ging zu ihren Kollegen und entdeckte am Wegesrand die hilflose Person, von der sie gesprochen hatten. Erleichtert sah sie, dass es sich um Ina handelte.

Ina kauerte auf dem Boden und sah die Gruppe mit weitaufgerissenen Augen an.

Maike kniete sich auf den Boden und fasste sie vorsichtig an den Schultern.

»Hey, Ina, alles gut. Ich bin es, Maike«, flüsterte sie. Sie zog Ina zu sich und nahm sie in den Arm.

Nur langsam kehrte Leben in Ina zurück. Erst war es ein leises Schluchzen, dann begann sie hemmungslos zu weinen.

Patrick nahm sich einen der Beamten zur Seite und wollte wissen, ob sie bereits den Rettungsdienst verständigt hätten. Kaum hatte er die Frage ausgesprochen, hörte er das bekannte Signal näherkommen. Er bat seinen Kollegen, den Wagen einzuweisen, und kümmerte sich dann wieder um das Geschehen.

Laser, der schweratmend als Letzter zu ihnen gestoßen war, erkannte die Situation und sah Sellberg und Bonhof an.

»Gott sei Dank«, meinte er nur und ließ sich auf einem Baumstumpf nieder.

Epilog

Zwei Wochen später

»Das sollte ein festes Ritual werden«, meinte Sellberg froh gelaunt. »Wir sollten abgeschlossene Fälle immer hier begießen.«

Er blickte in die Runde. An dem Tisch im Obergeschoss des *Weinkrügers* saßen Wasmuth, Bonhof und Laser. Etwas mehr als zwei Wochen waren seit dem Auffinden von Ina Gebauer vergangen und Maike war erst wenige Tage wieder im Dienst, nachdem Laser sie nach Hause geschickt hatte. Die Pause hatte ihr gutgetan. Laser wollte ihr eigentlich schon unmittelbar nach dem Fall freigeben, aber sie hatte sich mit Haut und Haaren dagegen gewehrt. Erst als die Ermittlungen weitestgehend abgeschlossen waren, hatte sie dem Drängen nachgegeben.

»Na ja, abgeschlossen ist er ja nicht wirklich«, sagte Patrick. »Wer Ina verschleppt und festgehalten hat, wissen wir immer noch nicht. Und nach der Lage der Dinge zu urteilen, scheint es fraglich, ob Ina uns wichtige Hinweise geben kann.«

Laser pflichtete ihm bei. »Ich glaube das auch nicht. Sie bleibt dabei, von ihm nicht viel gesehen zu haben, nur dass er recht groß und breitschultrig gewesen sei.«

»Wie geht es ihr überhaupt?«, wollte Sellberg wissen.

»Den Umständen entsprechend«, sagte Maike. »Ich habe gestern erst mit Mats gesprochen. Wenn die Behandlung soweit abgeschlossen ist, fährt sie zu Bekannten an die See.«

»Sie hat großes Glück gehabt«, meinte Laser. »Ich möchte nur wissen, was der Kerl mit ihr vorhatte. Es muss doch einen Grund geben, warum er sie so lange festgehalten hat, ohne sie anzurühren. Keine Lösegeldforderung, kein Kontakt zu uns oder ihrem Mann. Wozu das alles? Ich verstehe das nicht.«

Roman setzte sein Glas ab und überlegte laut. »Es gibt viele Gründe. Vielleicht war er mit ihr einfach nur bekannt und wusste keinen anderen Weg, um an sie heranzukommen. Vielleicht wollte er auch was von ihr, bekam dann aber im letzten Moment Angst vor der eigenen Courage. Wir werden es wohl nie erfahren, wenn uns nicht der Kollege Zufall zur Hilfe kommt.«

»Also doch keine Fortsetzung der Serie? Einfach nur ein purer Zufall?«, fragte Patrick.

»Es sieht so aus. Wenn es tatsächlich war, wie von mir angenommen, ist es wirklich nur ein unheimlicher Zufall. Dafür spricht im Übrigen das lange Festhalten von Ina. Das war bei den anderen Fällen ja komplett anders.«

Eine Zeitlang kehrte bedächtiges Schweigen ein. Maike trank einen Schluck Spätburgunder und hielt das Glas in der Hand.

»Wisst ihr, was ich mich die ganze Zeit frage?«

Alle Blicke richteten sich auf sie.

»Ich bin immer noch bei Ehlentrup. Warum hat er das zu Mats gesagt? Von wegen, Ina würde wohl nicht wiederkommen.«

»Ich denke«, begann Roman, »für ihn muss es sofort klar gewesen sein, dass die Serie weitergeht. Wie wir aus den Ermittlungen wissen, wusste er nichts von den Aktivitäten der Weinreich. Somit war es für ihn alleine die Fortsetzung dieser mysteriösen Serie, der Ina zum Opfer gefallen war.«

»Glauben Sie wirklich, dass er nichts gewusst hat?« Patrick sah ihn neugierig an.

Roman nickte. »Absolut. Ehlentrup mag ein komischer Kauz sein, verschroben und knauserig. Aber er hat am allermeisten darunter zu leiden, was sein Vater vor fünfundsiebzig Jahren getan hat. Das ganze Dorf, zumindest die alten Einwohner, nehmen ihn doch in Sippenhaft. Sein Reichtum gibt dem Gerede und Neid nur weitere Nahrung. Er ist in meinen Augen genauso ein armer Wicht wie Hagenkord. Beide tragen ein gemeinsames Ereignis mit sich herum, was sie nie ganz losgelassen hat.«

» … und sie bis zu ihrem letzten Tag begleiten wird«, ergänzte Laser.

»Na ja«, meinte Maike, »trotzdem unheimlich, wie alles so zusammenhängt. Das hätte doch keiner geahnt, als Mats mich am Sonntag angerufen hat.«

Ungläubig schüttelte sie den Kopf.

»Und was war schlussendlich das Motiv der Weinreich?«, fragte Patrick.

»Der Hof, zu dem Jakob von Ehlentrup gebracht wurde, war nicht verlassen, wie Ehlentrup behauptet hat. Schon damals lebte die Weinreich mit ihren Eltern dort. Vielleicht entstand da tatsächlich schon so etwas wie Freundschaft. Nicht zu vergessen, es war Krieg, Chaos überall.

Als Jakob dann weg musste und sie die strikte Ansage bekommen hat, ihn nicht mehr sehen zu können, muss es sie schwer getroffen haben. Deshalb hat sie nach fünfundzwanzig Jahren die erste Tat begangen. Gewissermaßen eine Projektion ihres eigenen verpassten Jubiläums.«

„Der Silberhochzeit, sozusagen?“, fragte Patrick.

„Richtig.“

»Krank«, entfuhr es ihm.

»Na ja, es gibt die dollsten Motive für derlei Taten, da ist sie nur eine in der Reihe. Ich habe mit einem befreundeten

Psychiater gesprochen. Für ihn ist es absolut nachvollziehbar, dass sie so auf Jakob als zukünftigen Ehemann fokussiert war, dass sie nach fünfundzwanzig Jahren in der Tat so was wie Silberhochzeit feiern wollte. In dem Jahr wollte sie einfach ein Zeichen setzen, an Jakob gedenken. So drückte er sich aus.«

»Themenwechsel«, schlug Laser vor. »Hat Patrick schon mit dir gesprochen, Roman?«

Roman verneinte. »Worüber sollte er mit mir gesprochen haben?«

Laser stupste dem jungen Kollegen in die Seite. »Nun los, das ist die Gelegenheit. Man sagt, wenn Kollege Sellberg Wein getrunken hat, ist er in bester Verfassung für derartige Anliegen.«

Patrick wand sich auf seinem Stuhl. »Nun ja, die Sache ist die …«

Roman stellte sein Glas ab und sah ihn neugierig an.

»Ich würd gern einige Zeit bei Ihnen in der Abteilung arbeiten. In Hannover. Also, wenn Sie nichts dagegen haben. Ist das möglich?«

»Operative Fallanalyse? Sie? Wie kommen Sie denn auf das schmale Brett?«, wunderte sich Sellberg. »Nicht, dass ich Ihnen das nicht zutraue, aber es überrascht mich einfach.«

»Ich kam drauf, um seine Qualitäten noch weiter zu stärken«, sprang Laser ihm zur Seite. »Patrick ist einer meiner fähigsten Leute, das sage ich jetzt hier mal so frei raus. Und ich finde, je früher er auch in diesen Bereich reinschnuppert, desto besser ist es für seine Karriere.«

Roman nickte anerkennend. »Es freut mich zu hören, dass ihr meiner Arbeit so viel Wertschätzung entgegenbringt.

Ich werde sehen, was ich tun kann. Zumal wenn es nur für eine Art Praktikum ist, sollte das aber kein Problem sein.«

»Schön«, sagte Laser. »Dann sollten wir darauf anstoßen.«

Er hob sein Glas.

»Aber zügig, da kommen schon vier schöne Teller die Treppe rauf«, sagte Sellberg grinsend.

Schlussworte

Bluthügel ist mein zweites Buch, welches das Licht der Welt erblickt. Seit meinem Erstling ist nicht nur viel Zeit vergangen, es hat sich auch dermaßen viel ereignet, dass es den Rahmen sprengen würde, hier alles aufzuzählen.

Deshalb möchte ich mich aber an dieser Stelle ganz ausdrücklich bei allen Lesern bedanken, die mich durch ihre Aufmunterung, ihr Lob, aber vor allem durch ihre Kritik angespornt haben, es nicht bei dem einen zu belassen.

Schriftsteller werden oft gefragt, woher sie ihre Ideen bekommen. Die Idee zum Bluthügel entstand buchstäblich aus dem Nichts. Es war eine lapidare Bemerkung der Schwägerin meiner Freundin, die meine ursprünglichen Pläne über den Haufen warf und mich ein neues Manuskript beginnen ließ. Das andere muss warten und wird dann halt das nächste Buch. Oder das übernächste.

Diese Bemerkung handelte von einem Spaziergang auf einem Waldweg, der immer undurchdringlicher, weil zugewachsener, wurde. So wie sie es erzählte, war es eine Steilvorlage, die ich mir nicht entgehen lassen konnte. Und da die Dame in Hagen a.T.W. wohnt, war es nur ein kleiner Sprung zum Schauplatz meiner Geschichte. Deshalb: danke Manuela.

Der Hüggel und vor allem der Silbersee boten eine ideale Kulisse für meine Geschichte. Und hier muss ich auch gleich mit einigen Dingen aufräumen.

Ich weiß sehr wohl, dass der Hüggel und der Silbersee zu Hasbergen gehören. Da die Geschichte aber, wie erwähnt, ihren Anfang in Hagen nahm, wollte ich sie dort belassen und nicht unnötig oft zwischen den Orten wechseln. Außerdem kenne ich mich dort um einiges besser aus.

Richtig ist aber, dass in dem Gelände tatsächlich Tagebau betrieben wurde.

Die Informationen hierüber, die ich in dem Buch über den alten Tagebau erwähne, habe ich zum größten Teil der Homepage der Gemeinde Hasbergen und den Infotafeln entnommen, die am Silbersee aufgestellt sind. Deshalb danke ich dem Natur- und Geopark Terra.vita für diese Arbeit.

Im Übrigen ist der Hüggel wirklich ein beliebtes Gebiet zum Wandern und sei Ihnen wärmstens empfohlen. Aber bleiben Sie auf den Wegen, denn Sie wissen ja jetzt: Der Hüggel ist tückisch …

Wo ich gerade beim Danksagen bin.

Nach dem Erscheinen der *Dämmerung* wurde mir vielfältige Hilfe zuteil, für die ich mich bei allen Freunden und guten Geistern noch einmal herzlich bedanken möchte.

So danke ich meiner besseren Hälfte Sandra für die gemeinsame Zeit.

Meinem Bruder Detlef danke ich für das Foto, welches sich auf meiner Homepage findet.

Bedanken möchte ich mich bei meinem Autorenkollegen Martin Barkawitz, der mir unermüdlich mit Rat und Tat zur Seite steht.

Ein ganz großes Danke geht an Lisa Frank und das gesamte Team von BookRix für das neue Cover, das ohne Zweifel entscheidend zum Erfolg der *Dämmerung* beigetragen hat, sowie für das Korrektorat dieses Buches, bei dem Sandra Schwerstarbeit verrichten musste.

Marie Wölk von Klauddesign hat sich bei diesem Cover ausgetobt. Ihr danke ich für eine angenehme Zusammenarbeit.

Allen Autoren, die mir mittels Blogs, Büchern, Podcasts und sonstigen Medien helfen, mich in dieser faszinierenden Welt zurechtzufinden, und mir immer wieder den Ansporn geben, an mir zu arbeiten und das große Ziel nicht aus den Augen zu verlieren, um Sie, liebe Leser, hoffentlich weiterhin so gut zu unterhalten.

Hier sei besonders Titus Müller erwähnt, der mit seinem Ratgeber noch einmal entscheidenden Anteil bei der finalen Überarbeitung dieses Manuskripts hatte.

Und ein ganz besonderer Dank gilt Ihnen, meinen Lesern.

Bis zum nächsten Buch.